最凶の恋人 ―跡目・枉鷹―

FUUKO MINAMI
水壬楓子

Illustration
しおべり由生

SLASH
B-BOY NOVELS

この物語はフィクションであり、実際の人物・
団体・事件等とは、一切関係ありません。

CONTENTS

successor ―跡目・柾鷹―

「それで知紘《ちひろ》くん、どうするんだ？」

できあがったコーヒーの香りに誘われるように立ち上がりながら、朝木《あさぎ》遙《はるか》は背中に尋ねた。

「あー？　どうって？」

後ろからだるそうな男の声が耳に届く。

キッチンに入ってマグカップにコーヒーを注ぎながらちらりと目をやると、ソファにいた男はのそのそと身体を伸ばしてクーラーのリモコンを探しているようだ。しかし見つからずにすぐにあきらめて、優しい風を吹かせていた扇風機を強風に切り替えた。とたんに、ぶぉぉぉ、と風の音がやかましく空気を震わせる。

その風が当たる真正面にトドみたいにぐったりと転がった男は、着崩れた甚平《じんべい》姿で、はだけた上半身が猛烈な勢いで風に吹かれていた。

千住柾鷹《せんじゅまさたか》――神代会《かみしろかい》系千住組組長、である。これでも。

中学に入った十二の頃から三十代なかばの今まで――間に十年ほどの空白があったが――腐れ縁が続いている、……まあ、恋人、と言えるのだろうか。

今では千住組の本家、の離れで暮らしている遙は、ヤクザ的には組長の愛人というのか、姐《あね》というのか、情婦というのかわからないが、とりあえず千住の中では「顧問」と呼ぶことで、組員たちは落ち着かない「オヤジ」の男の愛人に対して、一定の距離感と精神的安定を得ているらしい。

七月も下旬に差しかかり、梅雨明けとともに本格的な夏が訪れていた。とはいえ、今日は比較的涼しく、夜の九時を過ぎて真昼の熱気もかなりおさまっている。

が、適温の幅が狭い男には、やっぱり暑苦しい夜らしい。

遙としては、ただでさえ暑苦しい男に暑苦しくゴロゴロされて、見ているだけで暑苦しい。

「おまえもコーヒー、いるか？」

一応尋ねると、おー、と気の抜けた声が返る。

遙はもう一つのマグカップに半分弱と少なめにコーヒーを注ぐと、カップを二つ持ってソファにもどった。それをローテーブルにのせてから、男の足を邪険に払い落とし、いったんソファに腰を下ろす。が、思い出して身体を伸ばすと、傍若無人に爆風を送り出している扇風機の風量を一段階落とした。

あー？　と不服そうに、ちろっと柾鷹が視線を上げる。

「腹を冷やすと身体によくないぞ」

そう言いながらも、今さらか、という気もする。

ヤクザの組長なのだ。生活全般に、身体に悪いことしかない。酒もタバコも、……刃物も拳銃の弾も。多分、他の組長たちを相手に見栄《みえ》とメンツと、時に命を賭けて渡り合うストレスも、だろうが。

のっそりと身体を起こした柾鷹が、テーブルを見て顔をしかめた。

「なんでホットなんだよ。夏はアイスだろ、ふつー」

「違いのわかる大人の男なら、コーヒーはいつでもホットだ」

とぼけた顔で遙が返すと、むうう、とうなって、柾鷹がカップに手を伸ばした。

その見栄とメンツのあたりをくすぐってやると、意外と扱いやすいところもある。

「こんな熱いコーヒーなんか、よく飲んでられるな…」

カップから立ち上る湯気に、柾鷹が顔をしかめてうなった。

「夏場でも温かいものを飲む方が内臓にいいって言うだろ」

涼しい顔で答えながらも、猫舌な男がふーふーと息を吹きかけながらおそるおそる口をつけている様子に、ちょっと笑ってしまう。ヤクザの組長らしく、強面《こわもて》で、身勝手で、傍若無人な男なのに、妙に愛嬌《あいきょう》があるところが憎めない。ずるいな、と思うところだ。

遙は立ち上がって、キッチンから小皿に入れた氷と、そしてブランデーのミニボトルを持ってきた。

「やさしーなー」

マグカップにキューブの氷を落としてやると、柾鷹が口元をほころばせる。

「欲しいか？」

さらに頭上から男の目の前にミニボトルを落として見せると、おっ、と声をもらし、とたんにパッと顔を輝かせた。

「欲しかったら、わん、と鳴いてみろ」

なかば冗談で言った遙に、プライドもなく、あっさり「わん」と柾鷹が鳴く。

……子分たちにはとても見せられない姿だ。

「お行儀よくできるか？」

「いつもいいだろ？」

さらに続けた遙に、柾鷹がとぼける。

「週二回。今週は使い果たしているからな」

しっかりと遙は確認をとった。

セックスは週二回まで。その取り決めになっている。……かなりグダグダではあるが。

あー、と柾鷹が視線をあさってに飛ばした。

「だっけか？」

実際のところ、こんな時間に遙のいる離れへやってきたのなら、下心がないはずはない。

「顔を見に来ただけさ」

いかにも胡散臭《うさんくさ》くにらんだ遙に、柾鷹がさらりと言って唇の端でやわらかく笑う。

「あやしいな」

ちょっとドキッとしつつも、遙は肩をすくめて返した。そして男のカップにミニボトルの半分ほど、ブランデーを注いでやる。

「いいな」

ほどよい温度とぐっと増した風味に、柾鷹が満足そうにコーヒーをすった。

「それで、どうなんだ？　知紘くん」

男の横にすわり直して、ようやく遙は話をもどした。

「何が？」

「だから、進路。こっちの大学に進学するのか？」

知紘は柾鷹の一人息子だ。高校三年で、来年卒業になる。

柾鷹が高校一年の時の子供という――つまり種をつけたのは中学生の時だ――相手の親からすれば、それこそショットガンを持ち出すくらいだろうが、どうやら相手は当時、女子大生だったらしい。ませたガキだったわけだ。

知紘とは年の離れた兄弟と言った方がしっくりくるくらいで、しょっちゅう派手なケンカもしているが、まあ、親子仲は悪くないのだろう。というか、いかにも悪人面《づら》の柾鷹と違って、たおやかで可愛《かわい》らしい容姿の知紘だが、中身はそっくりな親子である。

今は夏休みで帰省しているが、ふだんは中高一貫の、地方の私立校で寮生活をしている。柾鷹や遙の母校でもある瑞杜《みずもり》学園だ。

父親がまだ若かったせいか、あるいは「ヤクザの息子」という負い目を感じずに学生生活を送らせるためなのか、知紘は「国香《くにか》」という知り合いの弁護士のところに、形ばかり養子に出されていた。

そして遙が大学を卒業後の一時期、瑞杜学園で教鞭《きょうべん》を執っていた頃、知紘は教え子だった。最初に担任を受け持った時のクラスにいたのだ。名字が違っていたし、顔立ちも、もちろん年齢からしても、まさか柾鷹の息子とは思わなかったが。

高校を卒業以来、十年ぶりに柾鷹と再会したのも、知紘を挟んでの担任と保護者として、だった。

あれから五年。

教員を辞め、千住の本家で暮らしている遙を、知紘は変わらず慕ってくれているようで、帰省してきた時にはよく離れに遊びにくる。元担任としては進路の相談にも乗っていた。……父親がいいかげんな分、と言っていいだろう。

「生野《いくの》と一緒のとこ、行くんだろ。つーか、おまえの方が知ってんじゃねぇのか？」

柾鷹がカップを置いてソファの上へ足を引っ張り上げながら、耳のあたりを搔《か》く。

実の父親のくせに、相変わらず適当だ。

もちろん、学校への進路希望は五月、六月くらいには出しているはずで、今さらとは言える。

そしてこの時期になっても把握していないのは、親としてどうかとも思う。

春先あたりから知紘と話はしていたが、いくつかの大学で迷っているようで、遙としてもできるだけのアドバイスはしていた。

柾鷹が言ったように、生野の進路次第、というところはあるのかもしれない。

生野祐哉《ゆうや》は知紘と同い年で、いわゆる守り役《もやく》、警護役として、小さい頃からずっとそばについている男だ。そしていつの間にか、恋人同士でもあるらしい。

生野は幼い頃から修練している空手が全国レベルで、その方で大学推薦もとれるようだから、知紘がそれに合わせることになるのかもしれないが、まあ、知紘の行きたい方面とのすりあわせもあり、二人で相談しているようだった。

父親の意向はまったく反映されないのか？　と疑問に思わないでもないのだが、大学進学に関して、柾鷹の「意向」なるものがそもそもないのだろう。

「とりあえず、こっちにもどっては来るんだろう？」

「そうなのか？　まァ、好きなようにするだろ、あいつは」

あっさりと言われ、遙はため息をついた。

それを放任ととるか、信頼ととるか、あるいは放置ととるかは難しいところだ。

ただ遙が気にかかっていたのは、大学進学というよりも、その先――だった。

事実上、知紘はこの千住組の跡目、なのである。

柾鷹が深くソファにすわり直し、のんびりと背もたれに身体を預けて、何気ない様子で胡座《あぐら》を組んでいた足を伸ばした。

足の先がうかがうみたいに、つっ…と遙の腿のあたりをなぞってくる。

「――いでででっ」

無造作にその親指をつかんで反対側へひねり上げてやると、柾鷹が声を上げてあわてて足を引っこめた。

「くそっ、俺の扱いが雑すぎんだろ……」

「知紘くん、おまえの跡を継ぐのか？」

ブツブツと不服そうな声は聞こえたが、素知らぬ顔で自分のカップに手を伸ばしながら、遙は話を続ける。

「どうだかな。ま、あいつ次第だろ」

いくぶん恨みがましい目で遙を眺めながらも、親指をさすりながらあっさりと柾鷹が言った。

柾鷹自身に、どうしても継がせたい、というつもりはないようだ。

「知紘くんは…、覚悟はあるように見えるけどね」

あえて話題にしたことはなかったけれど。そしてもちろん、元担任としては、勧められる進路でもない。

それに柾鷹が低く笑った。

「ま、その時になってみなきゃ、できねぇ覚悟もあるしな。代替わりっつーのは、案外大変なんだよ」

さらりとした口調だったが、確かに遙には想像できないくらい大変なのだろうと思う。組員——傘下の組をあわせると、おそらく数百人はいるのだろう。その命と生活を預かる責任の重さ。自分の命と、人生を賭ける重さ。

そうでなくとも、柾鷹が千住の組長を襲名した時、まだ二十歳そこそこだったはずだ。

「本当の意味で覚悟ができんのは、俺が死んだ時だろ」

あっさりと続けられて、一瞬、息が止まった。瞬きもできないまま、男を見つめてしまう。

その気配を、鋭く察したようだ。

目が合った柾鷹が、ふっ…と小さく笑った。

「バーカ。そんなに簡単に死なねぇよ。おまえを未亡人にしちゃ、未練が残りすぎて化けて出るしかねぇしなー」

いかにも軽い口調とともに、男がわずかに身を起こして、遙の腰のあたりに手を伸ばしてくる。

「つーか…、そそるよな。未亡人ごっことか、いっぺん……——ぐぉっほっ！」

ニタニタといやらしい笑みを浮かべた男の腹を、遙は思いきり蹴飛ばした。なぜかひどく腹が立った。

「去年、死にかけたくせに偉そうに言うな」

予想外の攻撃だったのだろう。しかも容赦のない蹴りに、柾鷹がむせこむようにして腹を抱え、ソファの上でのたうった。

「てめぇ…」

さすがに物騒な目を向けた柾鷹だったが、遙の険しい視線とぶつかって、ちょっと体裁が悪いように視線を逸《そ》らす。

「あれは…、事故みたいなもんだろ……」

痛みに顔をしかめながら、もごもごと言い訳した。ちろっと探るように視線を上げて、遙の顔を確かめる。

「……悪かったよ」

そして、ちょっと渋い顔で素直にあやまった。

自覚があるだけ、まぁ、いいだろう——と思う。

自分をこっちの世界に引っ張りこんだくせに、あっさりと死ぬなんて許せるはずはない。

遙はそっと息をついた。

いつ、何が起こっても不思議ではない。柾鷹が先代のあとを継いだ時だって、まだまだ先の話だと思っていたはずだ。

だがある日突然、それは起こった。

「おまえは、どうだったんだ?」

ふと思い出すように遙は尋ねた。

ともに過ごした高校時代——。

あの頃すでに、柾鷹は自分の未来を決めていた。そう思っていた。

いつも、何に対しても自信たっぷりで、迷うようなことはないと思っていた。それでも。

「他の道を考えたことはないのか？」

「そーだなー…」

腹をさすりながら背もたれに寄りかかり、柾鷹が軽く肩をすくめた。

そしてちろっと遙を横目にし、そろそろと身体を倒してくる。今度は顔を遙の方に向けて、様子をうかがいながら腿のあたりに頭をのせてきた。

「まったく考えなかったわけじゃねぇが…、正直、コレよりおもしろい道は見つけられなかったってとこかな」

遙に払い落とされなかったので、満足そうに目を閉じながら、どこかのんびりと柾鷹が言った。

確かに、スリリングで飽きることのない「仕事」ではある。命を張ったギリギリのせめぎ合いも、同業者との駆け引きも、柾鷹の性に合っているのだろう。

「視野が狭いな」

それでも遙は毒舌で返した。

ある意味、遙のやっているトレーディングの世界だって十分にスリリングだ。探せば他にも、柾鷹に向いている刺激的な世界があったのかもしれない。

が、目の前に初めからヤクザの世界があれば、他に探す必要がなかったのだろうか。

「そりゃ、まァ、引き替えにするモンは多いさ。捨てるモンも多い。だから、初めから持ってなきゃ……」

目を閉じたまま続けていた柾鷹が、ふっと言葉を切る。静かに開いた目が、まっすぐに遙の目を見つめてきた。

「なくす恐さはない。……わかってたけどな」

ドクッ、と一瞬、心臓が鳴った。

いつになく穏やかな男の眼差《まなざ》しに、少し落ち着かない気持ちになった。

「おまえも……、迷ったのか？」

知らず息を詰めるように、遙は尋ねる。

「まぁな」

吐息で笑い、短く柾鷹が答えた。

「ま、来ねぇよな……」

ポツリ、と柾鷹がつぶやいたのは、庭の桜が縁側に花びらを散らす三月のことだった。

高校を卒業した、十八歳の春だ。

予想していないわけではなかった。

高校の三年間をルームメイトとして過ごし、身体の関係があったとはいえ、「恋人」と呼べるかどうかは怪しいところなのだろう。

通じ合っていたと思える瞬間もあったはずだ。……というのは、柾鷹の勝手な思いこみということもあり得たし、実際に一方的な思いだったのかもしれない。

強引なやり方で、自分という存在を、遙に教えこんだ。

ただ遙が、慣れや恐れで自分につきあっていたとは思わなかった。おとなしくあきらめて、誰かの言いなりになるようなタマじゃない。

遙にしても、何かがあったはずなのだ。身体の相性とか、閉鎖した空間での欲求不満の解消とか、そんな即物的な理由以外にも。

遙にとって、自分という存在がどういうものだったのか。

それは遙にしかわからない。遙に委ねるしかない。

結局、遙に対して、自分が主導権を握れていたことなどなかったのだ——。

生まれた時から「ヤクザの子」だったことに、柾鷹は不満はなかった。

不自由なことも、子供にとっては理不尽な言葉を投げつけられることも多かったが、生まれに文句をつけても仕方がない。自分で自分の人生を楽しむしかない。

本家での日常は、出入りする個性豊かな男たちも多く、毎日繰り広げられる事件も多く、それなりにおもしろいものだった。

が、小学校までの学校生活は楽しくはなかった。

自分を遠巻きにする同級生たちも、時折からかってくるアホみたいな上級生たちも、口では偉そうなことを言いながら、結局柾鷹に対して腰の引けている教師たちも。どいつもこいつもつまらない。そう思っていた。

連中の、自分を見る目――。

好奇心と、恐れと。そして、なんだろう？　恐がっているくせに、おまえは自分たちとは違うんだ、という見下すような眼差しと。

自分たちはまともだが、おまえは普通じゃない。

そう言っているような目に、何よりいらだった。

幼い頃からの側役《そばやく》だった狩屋《かりや》が一緒でなければ、おそらくろくに学校へは通っていなかったかもしれない。

中学からは地方の全寮制の学校へ放りこまれて、しかし、さほど環境が変わるとは思っていなかった。結局、柾鷹の素性は知れるだろうし、たらたらとつまらない毎日が六年も続くだけだと、正直あきらめてもいた。

だが、遙に出会った。

中学になっても、基本的にまわりの反応は変わらなかった。大人になった分、多少、表面的なつきあい方が違ったくらいだろうか。

絶対に目を合わせようとしない者や、遠くからこっそりと観察してくる者。ことさら平静を装う教師や、逆に自分は恐がっていないことを誇示するように指導してくる教師。

たいていの人間の目の奥には、やはり恐れがあった。それを隠すために、ことさら粋がって威嚇してくる連中も多かった。

そんな中で、遙だけが違ったのだ。

廊下ですれ違って、柾鷹に気づくと誰もがあわてて目を逸らす中、まっすぐに顔を上げたままだった。

柾鷹の素性は知っていたのだろう。だが、ちらっと柾鷹を見た眼差しに、いらだちは見えたが怯《おび》えてはいなかった。

それが新鮮だった。

ふぅん、と思いつつ、おもしろくて、それから遙とすれ違うたび、わざわざ顔をのぞきこむようにすることもあった。

あの当時の遙が、どんな思いでそうしていたのかはわからない。あるいは、何も考えていなかったのかもしれない。

腹が据わっていたのか、達観していたのか。

両親を事故で一度に亡くし、預けられた親類の家を離れて全寮制の学校へ入ったのだと、あとになって聞いた。

すでに誰に頼るつもりもなく、一人で生きることを決意していたのだろうか。その強さだったのか。

柾鷹が何であろうと、かまっているほどヒマじゃない、と。

そんな人間は初めてで、特別だった。だからこそ、執着した。

遙の存在にワクワクした。初めて学生生活が――同級生と過ごす時間が、楽しいと思えた。

しょっちゅう遙につきまとい、ことあるごとにちょっかいをかけた。

今になって思えば、小学生の悪ガキが好きな子にまとわりついているだけみたいで、少しばかり気恥ずかしい。自分がそんな「普通の」行動に出たことが、だ。

だが本当に、ただの普通のガキだったのだろう。それこそ、そのへんの連中とは違う、自分はもうきっちりオトシマエがつけられる大人だ、と思い上がっていたが。

その勢いで、無理やり「ルームメイト」になって、カラダの関係も持って。

遙には理不尽な状態だったはずだが、……多分、柾鷹よりもずっと「大人」だったのだろう。だからどうした、くらいの開き直りがあった。好きにすればいい、と。いくら柾鷹がジタバタしようが、自分は関係ない、と。

柾鷹にかまわず遙は自分の時間をしっかりととって勉強もしていたし、柾鷹に部屋の掃除や洗濯なんかもきっちりさせていた。先生やクラス委員などからの必要な伝達事項は、なぜか遙経由で伝わることも多くて、おかげで小言を食らいながら、仕方なく柾鷹は自分で提出物なんかも仕上げていた。そんなめんどくさいことは、今までまわりの誰かに放り投げていたところだが。

今になって振り返ると、山の中の学校の、何でもない日常が妙に楽しかった。

あるいは、青春、と呼べる日々だったのかもしれない。……まあ、遙にとっては、かなり言いたいこともあるだろうが。

実際、まわりの……学友たちは、奇異と好奇の目で遙を見ていたと思う。柾鷹との「関係」についてもヒソヒソと陰口をたたいていたし、実際柾鷹が特別に遙をかまっていたのは明らかだったから、自分の友人関係を築くにも苦労しただろう。迷惑だと思っていたはずで、はっきりとそう言われてもいた。

それでも遙が逃げることはなかったし、迷惑だと思っていたにしても、遙は柾鷹の存在を計算に入れた上で、自分の生活を作っていた。まるで、柾鷹を手のひらの上で転がすみたいに。

もしかすると、人生の上で苦難はつきもので、柾鷹などはその一つに過ぎない、というくらいの感覚だったのだろうか。

その柔軟さ。度胸と芯の強さ。

毎日生活をともにして、遙の中にそれを見つけるたびに驚いたし、おもしろかった。ずっと見ていたかったし、怒らせたくて、さらにちょっかいもかけた。

遙の熱い肌に触れて、甘い吐息を感じて。そして、きつい涙目でにらまれて。

強引に与えられる快感さえも、遙は逃げることなく受け止めた。

いつの間にか、柾鷹は自分も腹が据わってくる気がした。どんな時でも、落ち着いて立ち向かえるような気がしていた。

だが高校生活というのは、人生の中の限られた一瞬でしかない。

卒業は、一つの大きな区切りだった。大きな転換点だ。

閉ざされた空間、規則の中での生活が終わり、自由に飛び立てる年になる。と同時に、子供であることが許された時代も終わった。

遙としては、高校を卒業すればようやく柾鷹とは縁が切れる、と思ったのかもしれない。

あたりまえだ。大学への進学を選ばなかった柾鷹は、すでに家業であるヤクザになったといっていい。そうでなくとも、千住組組長の跡目、なのだ。

これからの長い人生を、文字通りにヤクザな男とつきあって遙が棒に振る必要などない。

……それは理解していた。

それでも、未練だったのだろう。

『東京来たら、マンション買ってやるからさー』

と、何校か東京の大学を受験する予定だった遙に、そんなことを言ってみた。遙が東京の大学に来て、寮を出ても一緒に暮らせる空想を、ちょっとだけ楽しむように。

もちろん、遙はげんなりとしたあきれ顔だったが。

『あんまり待たせるなよ』

卒業式の日、最後にそんな言葉を投げたのは、もしかしたら、というかすかな期待があったのか、……これが最後だと、自分で認めたくなかったせいだろうか。

そして結局、桜の季節になっても、遙は自分のもとには来なかった。

もちろん、何の連絡もない。


「そりゃ、そうだな……」

庭先の桜を眺め、思わず自嘲気味な笑みがこぼれていた。

「関西の大学へ進まれたようですね」

と、ふいに背後から落ち着いた声が聞こえ、柾鷹は軽く肩越しに振り返る。

いつの間にかすぐ後ろにいた狩屋が、スッ…と膝を落としてきっちりと正座した。

狩屋秋俊《あきとし》は、物心ついた頃にはすでに柾鷹の隣にいた幼《おさな》馴染《なじ》みであり、守り役でもある。同い年だったので、小学校から中学、高校までずっと一緒だった。

つきあいの長さもあり、以心伝心というか、ツーカーというか、おたがいに相手の考えていることはたいていわかった。むしろ世話役である狩屋の方が、柾鷹のわずかな表情の変化に気を配っているのだろう。

無意識につぶやいただけの柾鷹の言葉で、「誰が来ない」のかというのを容易に察したようだ。同じく瑞杜学園で中学、高校と過ごした狩屋は、もちろん遙のことも知っている。その一番最初から。

「連れてこさせますか？」

「いや」

続けてさらりと聞かれ、柾鷹は短く返した。

聞いただけだろう。柾鷹の返事はわかっていたはずだ。

「ま、しゃあねぇさ」

軽く耳の下を掻き、ため息とともに柾鷹は言った。狩屋の前で見栄を張る意味はない。

仕方がなかった。わかっていたことだ。

「……ああ。おまえ、今日、移るのか？」

そしてあらためて狩屋の姿を眺めて、ようやく気づく。

本家にいる時はたいていラフな格好の柾鷹と違い、狩屋はいつもシャツとスラックスくらいのきちんとした服装だったが、今日はジャケットを羽織ってさらにあらたまった姿だった。

「はい。しばらく柾鷹さんにはご不便をおかけするかもしれませんが」

柾鷹は進学しなかったが、狩屋は東京の大学へ合格していた。国内最高峰と言われる国立大学の法学部だ。

幼稚園の頃に出会って以来、初めて進路が分かれることになる。

そのため、これまで狩屋も帰省のたびにこの千住の本家へもどってきていたのだが、この春から都内で一人暮らしをすることになっていた。引っ越しというほど荷物らしい荷物はなく、横に置かれていたのは大きめのボストンバッグが一つだけだ。

「俺もしばらくは本家にいるしな。不便ってほどでもねぇだろ」

柾鷹は軽く肩をすくめてみせる。

狩屋ほど使える男は少ないが、とりあえず人海戦術は使えるだろう。

この年で親のスネかじり、というのもなんだし、柾鷹も本家を出て一人で暮らしてもいいかな、という気はするが――一人で、とはいっても、舎弟の数人はついてくる――もう少し様子を見てからだ。シノギの仕事が割り振られ、これからは本格的に「家業」に関わることになるはずで、その内容次第でもある。

息子の知紘がまだ三歳なので、今までほとんど一緒に暮らしていなかった分、たまには遊んでやってもいいか、とも思う。まぁ、知紘の方は、いつも大人数が出入りする本家で遊び相手には困らず、父親がいなくとも別に淋《さび》しがってはいないようだが。「あれ？　とーさん、いるの？」くらいな感覚だ。

「おう、狩屋」

と、ふいに奥の座敷から覚えのある低い声が聞こえ、スッ、と背筋を伸ばした狩屋が、まっすぐそちらに向き直った。

振り向くまでもなく、父親――千住組組長である、千住國充《くにみつ》だ。

単衣《ひとえ》の着物姿だった。本家の中では着物でいることが多い。我が親ながら「任侠《にんきょう》」の文字が似合うな、と思う。

今年で四十三歳。千住組の上位団体である神代会の中では中堅幹部というところで、その中でもどうやら頭一つ抜けた存在らしい。

今は総本部長という役職にあり、次の常務理事候補だ。理事の一人でくたばりかけているジイさんがいるらしく、もしこの二、三年のうちに就任すれば、神代会では史上最年少ということになる。

いかにもな強面で、あからさまに肉食で、精力的で。柾鷹とよく似た面差《おもざ》しだった。もちろん、柾鷹が似ているわけである。

父親の兄弟筋の叔父貴《おじき》連中と顔を合わせると、「國充によく似てきたなぁ」としょっちゅう言われて、少しばかりムカッとする。が、これればかりはいかんともしがたい。

やり手の父親と似た、跡目の一人息子だ。それなりの期待と、お手並み拝見と言わんばかりの、はっきりと言えば、失敗を手ぐすね引いて待っている連中も、神代会の中には多い。

ヤクザの世界で同じ会派が仲良しこよしなわけはなく、常に足の引っ張り合いだ。隙を見せれば、すぐに首筋に噛《か》みつかれ、引きずり下ろされる。

これまでも危険な目にあったことはあるが、これからはそのさなかに身を置くことになるのだ。いつ何が起こっても不思議ではない世界に。

「なんだ、もう行くのか？」

オヤジに声をかけられ、廊下で静かに手をついて狩屋が頭を下げた。

「はい。勝手を言いまして申し訳ありません。しばらく留守をいたしますが、何か手が必要なことがありましたらいつでもお呼びください」

「ああ。だが、別に本家から通ってもいいんだぞ？」

ごつい座卓の向こうにゆったりと腰を下ろしたオヤジが、顎を撫《な》でながらいくぶん未練がましく言っている。

素早く飛んできた部屋住みの一人が、欅《けやき》の一枚板の座卓にそっと茶を差し出すと、無言のままぺこりと頭を下げて下がっていく。

「さすがに大学から少し遠いですから。けれどこちらでの用もありますし、できるだけ本家には寄らせていただきます」

顔を上げた狩屋が、静かに微笑《ほほえ》んで答えた。

「ちゃんと俺に顔を見せてけよ」

念を押すような父親の言葉に、柾鷹はちょっと笑ってしまう。

「オヤジは俺より狩屋の方が可愛いんだよなァ…」

のっそりと身体の向きを変え、にやにやと柾鷹は言った。

「あたりまえだろ。デキが違うからな」

しかし鼻で笑うように言い返され、ケッ、とそっぽを向く。

「おまえもタダ飯食えると思うなよ。働け」

「わかってるよ」

放り投げるように言われ、むっつりと柾鷹は言い返す。

「いつまでもガキみたいに拗《す》ねてんじゃねぇぞ」

しかし何気ないように続けられた言葉に、一瞬、柾鷹は言葉を呑《の》んだ。

オヤジが何かを察しているんだろうか、と、ちょっとひやりとする。

遙のことは、もちろん、いちいち親に報告するようなことではない。が、考えてみれば、狩屋がしている可能性はあった。なにしろ、狩屋にとっても「オヤジ」なのだ。絶対的存在であり、柾鷹よりも優先する。

柾鷹が瑞杜に在学していた頃、オヤジが訪ねてきたことはほとんどなかったが、それでも一度か二度、来校した時には、遙とも顔を合わせていただろうか。

柾鷹の知らないところで、息子が世話になっています、くらいの挨拶はしたのかもしれない。ヤクザの組長だが、……いや、組長だけに外面はよく、カタギの、特に学校関係者などにはふだんから丁重な対応をしていた。

まあ、そう言われても、遙としては返事に困っただろうが。どんな「世話」か、オヤジが匂わせたわけではなかったにしても。

「卒業したさ。いろいろとな」

無造作に片膝を立て、吐き出すように柾鷹は答えた。

いつまでも引きずっていても仕方がない、とわかっていた。

これ以上、振りまわすつもりはない。遙もようやくまともな世界にもどったのだ。

「今のうちだ。下積みはしっかりしとけ。とにかく観察しろ。まわりで起こること全部。誰がどう反応して、どう動くか。今のおまえが信用できるやつを見つけろ。その目を養っとけ。いずれ、それが武器になる。結局は人間だよ」

ゆったりと腕を組み、オヤジが淡々と、まっすぐに柾鷹を見て言った。

「わかってるよ」

その視線を無意識に避けるようにして、柾鷹は投げるように返す。

……が、多分、本質的なことはわかっていなかったのかもしれない。

くどくどと親に言われるのがうっとうしい年頃でもある。

反抗的な息子の態度に、しかしオヤジはあえてつっこんでくることもなく、軽い調子で続けた。

「とりあえず、明日っから瀬田《せた》のところでしばらく勉強しろ。鍛えてもらえよ。……あぁ、まずは便所掃除からだな」

「あぁ？　ざけんなよ」

冗談か本気か、ハッハッと笑って言われて、思わず柾鷹は父親をにらみ返す。

「柾鷹さんの仕事がはっきりすれば、そちらのお手伝いもできると思いますから。しばらくは現場を見られてください」

横から狩屋が言い添える。

「あんまり甘やかすなよ、狩屋。コイツもそろそろ独り立ちするお年頃だ。おまえが世話焼きすぎるのがよくねぇなー」

にやにやと嫌がらせみたいに言ったオヤジに、柾鷹は舌を出す。狩屋が横で、軽く手をついて頭を下げた。

「そういえば、滝口《たきぐち》の組長とのいざこざは片がつきましたか？」

と、思い出したように、狩屋が尋ねているのが耳に入る。

柾鷹にはピンとこなかったが、どうやら組関係の細かい裏事情などにも、狩屋は気を配っているらしい。

もちろん、柾鷹も大局的な流れは把握しているつもりだったが、誰がどことつながっていて、どういう関係になるか、あたりは、まだまだ勉強の余地がある。

「アレがまたややこしいところでな……」

ため息とともに渋い顔をしたオヤジだったが、狩屋とそんな討論をするのはまんざらでもなさそうだ。

「あれー？　とーさん、またいたっ」

と、ふいにそんな高い声が響いたかと思うと、とととっ、と軽い音を立てて小さな子供が廊下を駆けてきた。まだ身体のバランスがとれておらず、柾鷹の前でコケそうになったのを、とっさに手を伸ばしてすくい上げる。

「すっ、すいませんっ」

子守をしていたらしい若い男があわてて飛んできて、ヘコヘコとあやまった。

「またってなんだ…。しばらくいるけどな」

我が子のそんな言葉にいささかうなりつつ、ちょっと「高い高い」などしてみる。キャッキャッ、と知紘が無邪気に歓声を上げた。

自分の子、とはいえ、自分が腹を痛めたわけではないせいか、息子というより、年の離れた弟みたいな感覚だ。

「いーなー、おまえはタダ飯食えて。タダミルクか?」

体温の高い子供を抱き直しながら、思わずそんな愚痴がこぼれる。

「三歳ですから、さすがにミルクは終わっていますよ。離乳食も終わって、もう普通の食事だと思いますが」

狩屋が正しいつっこみを入れてくる。

「そうかー」

子育てに関しては、何もかもが謎だ。ただ。

「俺もこんな可愛い時代があったんだよな…」

思わず、そんな感慨が湧き出してしまう。

何も知らず、自分を囲む世界のすべてが温かく、幸せだった時代だ。

「あるかよ。おまえに可愛い時代なんぞ」

と、オヤジの憎たらしい声が飛んでくる。

「じーじっ」

知紘が気づいて、這《は》うように柾鷹の腕を逃れ、祖父の方へトコトコと駆けていく。膝によじ登った孫に、オヤジが相好《そうごう》を崩した。

「じーじ、プリン食べたいっ」

にっこりと笑ってねだると、「おい」とオヤジが一言。廊下にいた若いのがあわてて台所へ走った。

四十過ぎの「じーじ」はまだかなり若いが、……まぁ、それは柾鷹のせいである。だが、やはり孫は可愛いらしい。父親よりも圧倒的に祖父といる時間が長く、知紘もオヤジには懐いていた。遊園地とか公園とか、よく遊びにも連れていっているようだ。

しかも知紘は、誰に似たのか——逃げた母親だろうが——女の子みたいな華やかで可愛らしい容姿で、人見知りしない性格もあり、本家を訪れる関係筋の組長たちにも大人気らしい。この年で相当なジジイキラーだ。

「とーさんは生意気なクソガキだったからなー」

「ちーだって十分、クソ生意気だぞ…」

理不尽な言いぐさに、むっつりと柾鷹がうなる。

小さなスプーンを握り、早々に運ばれたプリンに手を伸ばす知紘を眺めながら、オヤジが思い出したように言った。

「あぁ、そういやそろそろ、ちーにも誰か遊び相手をつけてやってもいい頃だな」

遊び相手というか、まぁ、守り役だ。柾鷹についている、狩屋のような。

柾鷹が初めて狩屋と会ったのも、三、四歳くらいの時だっただろうか。もうほとんど覚えてはいない。

ただいつからか、そばにいるのがあたりまえの存在になっていた。

だが狩屋がいたから、小学校をまともに卒業できたのかもしれない。もしいなければ、多分、同級生や上級生の何人かはケンカで病院送りにしていただろう。そうなると、ご近所の反社会勢力排斥の動きも大きくなり、なかなか面倒なことになっていたはずだ。

千住はもう何代にもわたってこの地に根付いた名跡であり、ご近所のカタギの皆様とも、それなりの信頼関係を保っているのだ。

「……こんくらいの頃って、おまえとどんな遊びをしてたっけか……？」

ちょっと思い返して首をひねった。

「遊び、ですか…」

狩屋もすぐには思い出せないようだ。

そういえば狩屋は、一緒に遊ぶというより、柾鷹が遊んだあとの始末をつけていたことが多いように思う。いつの間にか空手の道場にも通っていて、初めの頃は柾鷹も一緒に習っていたのだが、すぐに飽きてしまった。みんなと一緒に決まった型を習う、とかいうのが性に合わなかったのだろう。

「てめぇは屋根から落ちたのが一度、天井を破って下に落ちたのが一度、池に入って鯉《こい》を追いかけまわしたのが二度。かくれんぼだとかで納屋《なや》のロッカーにうっかり閉じこめられたのが一度あったな。ああ、縁の下に入りこんで出られなくなったことも」

にやりと笑ってオヤジがあげつらった。そして、膝の知紘に言い聞かせている。

「とーさんはなー、昔からやんちゃでアホだったんだよなー」

もっとも、口元にプリンをいっぱいつけて必死に食べている知紘の耳には届いていないだろう。幸いにも。

「うるせぇよ。ガキならそんなもんだ」

ふん、と柾鷹は鼻を鳴らす。

「ちーはもっと賢いよな。人を動かすやり方を知ってる」

「小狡《こずる》いんだろ」

まったく、それはそれで先が恐い。

「で、誰か適当なのに心当たりはあるか？」

オヤジが狩屋に視線を向けた。

実際のところ、人選は難しいだろうな、とは思う。同い年くらいの子供で、本家へ預けてもいいという親がいなければならない。もちろん、当人の性格的なものもあるだろうが。

狩屋の時は、誰がどうやって見つけてきたのだろうか？

「柳井《やない》さんと相談して探してみます」

狩屋が過不足なく答え、ああ、とオヤジがうなずいた。

舎弟頭《しゃていがしら》である柳井は、千住の本家の中を仕切っている男だ。

狩屋は基本的に柾鷹についているわけだが、オヤジも信用して細かい仕事を任せている。これからはさらに、組にとって重要な立場になっていくのだろう。大学の四年間は、そのための準備期間とも言える。

狩屋は十五年も前に見つけた掘り出しもので、柾鷹としても、やはり知紘にもそんな男が必要だと思えた。

おそらく、親よりも強い絆《きずな》を結べる相手だ――。

◇　　◇

基本的に、柾鷹は何かに執着する方ではない。割り切りも早いし、決断も早い。

高校を卒業してからは、いわゆる家業の手伝い――というところで、組の仕事を覚えたり、新しいシノギを始めてみたりと、いそがしさに紛らわせ、遙のことは考えないようにしていた。

そして、忘れたとも思っていた。

もちろん、ありあまる欲求を持て余す年代でもあり、適当な女と遊ぶことは多かった。

実際、千住の跡目、という肩書きは、それだけで相手には事欠かない。

オヤジの名代という立場で何かの集まりや挨拶に出向くと、たいていは気前のいい接待を受け、女も用意される。まだ二十歳にもならない若造を相手に、下にも置かないもてなしだった。

飲ませて、持ち上げて、いい気にさせて。

たやすく懐柔されたふりをしながらも、柾鷹は慎重に相手の狙いを推し量っていた。

千住の跡目は扱いやすいバカだ——と、思われてよかった。油断してくれれば、必要な時、それだけこちらが優位に立てる。

そして据え膳は、もちろん食い散らかしていた。

中には、柾鷹を骨抜きにしろ、と言い含められた女もいたのだろう。銀座でナンバーワンを張るようなホステスや、一晩で数千万を稼ぐ人気のキャバ嬢もいたし、モデル上がりらしいべらぼうな美人もいた。ほとんどが柾鷹よりも年上の、海千山千の女たちである。

うまく柾鷹の愛人に収まれば自分も贅沢《ぜいたく》な暮らしができるし、うまく柾鷹を操って思い通りに動かすことができれば、他のパトロンからの援助も確実だ。

だがどんな女と寝ても、本気になるようなことはなかった。本気、というのが、どんな感覚かもつかめないくらいだ。

ただ欲求が収まるだけで、誰でも同じだった。相手の顔も名前もろくに覚えてはいない。

違うな…、という違和感だけが強くて、自分の中でピタッとはまる感覚がない、もどかしさだけが腹の奥に募った。

肌感覚というのか、充足感というのか。終わったあと、ただ二人で熱い息を吐き出す、やわらかな空間を、何かの拍子にふと思い出してしまう。甘く、やわらかく、楽しく……、すべてに満ち足りた時間だ。

かといって、男と、とは思わなかった。代わりがいるものではなく、よけいにげんなりしそうで。

ないものを求めても意味はない。だから身体も、気持ちの方も、ある程度の収まりというのか、折り合いはつけているつもりだった。むしろ、セックスに期待をしなくなったのかもしれない。

それならば、くるくると状況が変わっていく毎日の仕事を追いかける方がおもしろく、満足感があった。他の組と渡り合うスリリングな瞬間は、中毒的な刺激もある。粋がって、若さの勢いに任せて、それこそ命に関わるような刃傷沙汰《にんじょうざた》になったこともあり、オヤジにはっ倒されたこともあったが、それでも一つ一つ、経験を積んでいた。

机上の理論だけで動く世界ではない。身体で覚えることが、肌でその場の空気を読むことが必要だった。

いつの間にか、遙との時間はもう遠い昔のように思えた。あるいは、遠い青春の思い出のように。

だが、意外とあきらめが悪い方だったらしい、と自分でも気づいたのは、たまたま関西の系列の組へ挨拶に出かけた時だった。

ふと、思い出してしまったのだ。

近くに遙の通う大学がある。

——今、この瞬間、遙は何をしているんだろう……？　と。

卒業して一年以上もたっていた。今さら遙の生活を邪魔するつもりはなかったが、……自分がいなくなった「日常」を遙がどんなふうに過ごしているのか、知りたくなった。

もちろん、恋しがっているなどという幻想を抱いていたわけではないが。

この時はオヤジの使いでこっちの叔父貴のところを訪れていたのだが、幸か不幸か、大学で講義の入っていた狩屋は同行していなかった。いれば、何かを察して止めたかもしれないし、あるいは一緒に来たかもしれない。

平日の午後、一人でふらりと大学を訪れて、……初めて縁のないそんな場所に足を踏み入れたのだが、もちろんこの広いキャンパスのどこに遙がいるかなどわからない。いや、うかつに見つかるのもまずい。

どうしようか、とふらふらしているうちに腹が減って、見かけた購買でパンとコーヒーを買い(タクシーに乗る必要があったので、めずらしく財布は持って出た)、カフェテラス席へ腰を下ろしてぼんやりしていた。

やっぱり、無謀だったか、という思いがちらりとよぎる。まあ、それならそれで仕方がない、というあきらめもあった。

目の前を通り過ぎる学生たちはみんな軽やかに、青春を謳歌《おうか》しているように見える。コンパやサークルの飲み会の話で浮かれ、教授の愚痴に、休講の連絡に、レポートの相談。

——世界が違うか……。

ぽっかりと、自分のまわりだけ空気が違う。初めてそれを実感した気がして、ちょっと自嘲気味の笑みが唇をかすめた。

もしかして、浮いてるんじゃないのか？

と、今さらに気になったが、冬場だったことが幸いし、スーツ姿も黒のコートに隠されて、それほど奇異には見えなかったようだ。

まぁ、この寒い中、カフェのテラスでコーヒーというのは変わっているが、この程度の変わり者は大学では普通なのだろう。悪ノリやバカ騒ぎしている連中も多い。

大学で……ようやく、遙もそんな普通の学生生活をおくっているのだろうか。

柾鷹のせいで、遙は普通の高校時代を過ごせたとは言いがたい。ただ理不尽な、思い返したくない思い出なのかもしれない。

ただ柾鷹にとっては、おそらくこの先、二度と手に入らない、特別な時間だった。

ヤクザとして生まれて、ヤクザとして生きて。

ただあの三年間だけが本当に特別で、貴重な時間だったと——今にして思う。

だが、いつまでも変わらないものはない。手に入らないものを求めてダダをこねても仕方がないと、そう思い切れるくらい大人になった。自分は自分で、前へ進むしかない。

帰るか…、と思った。ここまで来て、あきらめもついた。

さすがにコーヒー一杯でいつまでも寒さはしのげない。

おもむろにポケットへ入れていた携帯を取り出し、電源を入れる。と、不在着信やメッセージが山のように入っていた。

ふいと一人で姿を消した柾鷹に、おいていかれた子分たちは恐ろしくあわてたらしい。あたりまえだ。

『――柾鷹さん！　勘弁してくださいよ、もう……』

俺だ、と折り返しの電話を入れると、泣きそうな声が返ってきた。

「迎えに来い」

泣き言は無視して、用件だけを伝える。

『今、どちらにいるんです？　ご無事ですか？』

「問題ねぇよ。俺だって一人になりたい時くらいある」

めんどくさくなって、適当なことを言っておく。

『困りますよ…。拉致られたとかなら一刻を争うじゃないですか。でもうかつに騒いで、こっちの組に捜索を頼むとなると、オヤジさんにも報告しないといけないですし』

「おまえ…、オヤジに言ったのか？」

思わず顔をしかめた。さすがにまずいな、と口調が剣呑《けんのん》になる。

『いえ、とりあえず狩屋に電話したんですよ。そしたら、京都じゃないか、って言われて。あわてずに連絡があるまで、一人にしておいても大丈夫だって言うんで……。こんな季節に観光ですか？　ホント、言ってくださいよ……。お供《とも》しますから』

狩屋にはバレたか…、と柾鷹は内心で舌打ちする。

京都、と地名を出したあたりで、柾鷹の居場所に察しをつけているのがわかる。この一年以上、自分たちの間でも遙の話題はまったく出なかったのに。そのあたりがつきあいの長さの弊害だ。

まぁ、バレてどうなるというわけでもないのだが、ちょっとだけ気まずい。というのと、微妙に悔しい。まったく今さらでもあるが。

やはり遠くないところに待機させていたらしく、すぐに向かいます！　と威勢のいい声で電話が切れる。

さて、行くか、と立ち上がった時だった。

カフェの前の道を学生の一団が通り過ぎていくのが視界の端にかかった。

何気なく眺めてから、ハッ、と振り返ってあらためて見つめる。

――遙がいた。

心臓が止まるかと思った。

元気そうだった。友人たちと笑いながら、先の図書館へ入ろうとしていた。

変わりのない姿で……、それでも少し、雰囲気は違っただろうか。もともと大人びた男だったが、残っていた高校生らしい生真面目《きまじめ》さというのか、硬さが抜け、穏やかに微笑んでいた。

それは、柾鷹と別れて、ようやく自由を得たからかもしれない。

黒のデニムに、白のセーターに、ネイビーのロングコート。どこにでもいる普通の大学生だ。

軽い足取りで図書館の石段を駆け上がり、扉を押して中へ入る後ろ姿が見えなくなるまで、柾鷹は身動きもできずに見送った。

声はかけなかった。

生きている。間違いなく、存在する。

そんな感覚だった。

属する世界は違っていても――この先、重なることはなくても、とりあえず、同じ地面の上で生きている。

視界から遙の姿が消えて、ようやく息をついた。

じわりと胸の奥が熱くなった。

それでいいか、と思った。

ルームメイトだった時間は、幻ではない。

それから何度か、柾鷹はこのキャンパスへ足を向けていた。関西を訪れる用が入ると、ちょっとそわそわするくらいだった。

あきらめの悪いストーカーみたいだな、と我ながら思わないわけでもなかったが、姿が見られるとうれしかった。

狩屋は大学の勉強がいそがしい中でも、組や柾鷹の仕事を精力的に手伝っていて、柾鷹の関西出張へも時々、同行していた。おそらく、危なそうだな、という何かのセンサーが働いた時は特に、なのかもしれない。

柾鷹としては、できるだけ大学へは一人で行きたかったし、……実際のところ、ぞろぞろと子分を引き連れて行く場所でもない。目立ちすぎて、通報される恐れすらある。かといって、組の連中からすれば、跡目を一人でうろつかせるわけにもいかないのだろう。

狩屋がつきあってくれるのなら、柾鷹としては、一番気楽な形でもある。

そういえば一度は、見習いの部屋住みがついて来たこともあった。めずらしく狩屋が面倒を見ていた若い男だが、こんな関西の大学へやってくる意味はまったくわからなかっただろう。

出張に同行する子分の顔ぶれは毎回同じというわけではないので、おそらく柾鷹の動きをきっちりと把握しているのは狩屋くらいだ。

もちろん、来たからといって毎回、遙に行き合えるはずもなかったが、曜日や時間帯などがなんとなくわかってくると、図書館周辺での遭遇率は高い。

だからといって、何をしようというつもりはなく、遙の前に姿を現すつもりもなかった。

なんだろう…、少しばかり気分をリセットしに行っているようなものだった。

状況がうまくいかない時、判断に迷う時、失敗して叫び出したい時。気持ちを奮い立たせたい時——。

深呼吸をしにいく。

だがこれも、ちょっとした猶予期間なのだろうと思う。

いずれ遙は大学を卒業し、そのあと——次はどの土地へ行くのかはわからない。もしかすると、海外へ行く可能性すらある。

やろうと思えば、ずっと追跡できないわけでもないのだろう。だが、意味のあることではなかった。自分にとっても、遙にとっても、だ。

もしも自分がヤクザを辞めれば——何かが変わるのだろうか。

ふと、そんなことも考える。

だが想像できなかった。

他の生き方をしている自分というのは。

人生が大きく動いたのは、柾鷹が二十一の時だった。

それで柾鷹の運命が変わった、というわけではない。

ただちょっと……いや、予想よりかなり早く、その時が来た、とは言える。早すぎるほどに。

三月のこの日、春の日射しは暖かく、天気もよかった。

桜の季節だ。

誘われるように、オヤジは知紘を連れて、近所の公園まで散歩に出たらしい。

馴染みの商店街でアイスを買い、それを食べながら五つになった知紘の手を引いて川縁《かわべり》を歩いていた時、前方から自転車が近づいてきた。ママチャリだったが、乗っていたのはキャップをかぶったジャージ姿の若い男だったという。

おそらくこれがバイクや車だったら、少し離れたところにいたボディガードたちももっと警戒したのだろう。

オヤジはふらりと気安く地元の商店街にも顔を出していたし、どうということのない、日常の光景でしかない。

だが、すれ違った、その一瞬の出来事だった。

パァン…！　パン！　パン！　と乾いた発砲音が立て続けに響き、ゆっくりとオヤジの身体が崩れ落ちた。胸と腹から血が溢《あふ》れ出す。

瞬間、誰もが立ちすくんだ。目の前の光景が、とても信じられなかった。

「――じーじっ！」

最初に悲鳴を上げたのは知紘だった。

それと同時に、急加速して時間が動き出した。

「オ、オヤジさんッ！」

「オヤジさんッ！　大丈夫ですかっ！　オヤジさんっ！」

「知紘さんを早く……！」

「救急車を呼べっ！　か、頭に連絡をっ。急げ！」

あたりに怒号が響き渡る。少し距離を置いてついていたボディガードたちが、血相を変えていっせいに駆け寄る。

「クソッ！　あいつだ！」

「逃がすなっ！　絶対逃がすなっ！」

そして何人かは必死に自転車を追いかけるが、一気にスピードを上げた自転車にはなかなか追いつけず、堤防が切れた端で待っていた車に乗りこまれ、あっという間に見失っていた。

騒然とした現場に野次馬が集まり始める中、さほど距離のなかった本家から若頭の瀬田が駆けつけた。

「知紘さんを家へお連れしろ！　それと、柾鷹さんに連絡をっ」

さすがに引きつった表情だったが、それでも最低限の指示を出し、到着した救急車に一緒に乗りこむ。

その時点で、すでに心肺停止の状態だった。

柾鷹がその連絡を受けたのは、ちょうど出先から本家へもどった時だ。

門を入った瞬間、騒がしいな、と思った。と同時に、何か重い、痛いほどの空気が全身を押し包んでくるのがわかった。頭を下げて出迎えた子分たちの表情が一様に青ざめて、引きつっている。お帰りなさいませ、と上げた声の調子がおかしかった。

ひどい胸騒ぎがした。

乗りつけた玄関の前で車を降りて、出迎えた柳井の顔を見た瞬間、すべてを悟った気がした。

「オヤジさんが……」

震える声で、柳井はそれだけを絞り出した。

こんな家業だ。いつ、何があるかわからないという覚悟はできているはずだった。

それでも、まさか、と思う。

ゴクリと唾を飲みこんだ。

「ダメなのか？」

かすれた声でようやくそれだけを口に出す。だがその自分の声も、ひどく遠い。

「病院へ運ばれましたが、……おそらく。いくつか弾を食らったようで、すでに息はなかったようです。今、頭がご一緒ですが」

ジン…、と頭の芯が痺れていく感覚に襲われる。足下が危うく、頭の中は真っ白で、それでも無意識のまま尋ねていた。

「撃たれたのか？」

「はい」

「どこで？」

「すぐこの先の川縁です。知紘さんと散歩に出られていて」

えっ、と瞬間、全身に鳥肌が立つ。ようやく知紘のことを思い出した。

が、その時、険しい表情の男たちに囲まれるようにして、知紘が帰ってきた。

「知紘！」

思わず声を上げる。

知紘は泣いてはいなかった。ただ、その幼い顔には恐いくらいに何の表情も浮かんでいない。

衝撃に感情が追いつかないようだった。うつろな眼差しがじっと柾鷹を見上げてくる。

「知紘さんっ！」

と、いきなりバタバタと家の中から走り出してきた小さい影が声を上げ、柾鷹を追い越す勢いで知紘の前に立った。靴も履いていない。

生野だ。生野祐哉。

地方の、系列の組の息子だが、知紘の遊び相手、守り役として、数カ月前から本家に住み込んでいた。知紘と同じ五歳だ。

この年で礼儀作法はしっかりとした子で、柾鷹を差し置いて前に出るとか、挨拶もせずに通り過ぎるなどということは今までなかったが、さすがにそこまで気がまわらなかったのだろう。

「いくの……」

ぎゅっと手を握られ、ぼんやりと顔を上げて、知紘が瞬きした。かすれた声がこぼれ、ようやく少し、顔に生気をもどす。

「ちー、大丈夫か？」

大股に一歩近づいた柾鷹に、今さらに気づいたように生野がぺこっと頭を下げて脇に退《ひ》いた。

膝を曲げ、伸ばした指で、柾鷹は血で汚れた知紘の頬をそっと拭ってやる。

小さな両手が血で濡《ぬ》れていた。服にも、顔にも血がついている。だが知紘がケガをしたわけではなく、傷を負ったオヤジの身体に触れたのだろう。

それだけ近くにいたということなのだ。

知紘が柾鷹を見上げて、こくんと一つ、うなずく。そして小さく言った。

「じーじ、死んだの……」

それは質問のようでも、報告のようでもあった。

後ろで立っていた男たちが息を呑み、嗚咽《おえつ》をこらえた。

「ああ」

まっすぐに知紘を見たまま、柾鷹は短く答える。そして身体を伸ばすと、近くにいた男に顎をしゃくった。

「風呂、入れてやれ」

はい、とうなずいた男について、生野が知紘の手を引くようにして家の中へ入っていく。

二つの小さな後ろ姿を見送っていると、門の前にタクシーがつけられ、若い男が一人、降りてきた。

狩屋だ。いつも冷静な男が、小走りに近づいてくる。

目が合った。何か、すがるような……祈るような眼差しだった。

だが柾鷹に、それに応《こた》えるすべはない。

と、ふいに電話の着信音が鈍く響き、後ろで柳井が携帯を取り出した。

「はい。――っ、……はい」

相手に受け答えた声が、一瞬、詰まって震える。ギュッときつく、唇が引き結ばれた。

「頭からです」

顔が上がり、思わず振り返って見つめていた柾鷹に、すっと携帯が差し出された。

そっと唇を湿し、柾鷹は手を伸ばす。

「俺だ」

短く言った柾鷹に、押し殺したような声が返った。

『柾鷹さん……、オヤジが……、オヤジさんの死亡が、確認されました』

何と答えたのか覚えていない。ああ、とだけ、返したような気もする。

確定したのだ、と。

それが何を意味するのかわかっていたが、まだ受け止め切れていない。

いつの間にか、玄関先に家中の男たちが集まっているようだった。固唾《かたず》を呑んで、柾鷹の顔を見つめてくる。

「オヤジが死んだ」

大きく息を吸いこみ、端的に事実を述べる。

予想していたはずだが、それでも一瞬、空気が凍り、次の瞬間、すすり泣きと嗚咽があちこちからこぼれた。

「オヤジさんが……っ」

「嘘《うそ》だろ、そんな……」

「くそ…っ、誰がやったんだよ！」

そして堰《せき》を切ったように、怒りが爆発し始める。

「何を……何をやってたんだ、てめぇらはッ！」

だがそんな声をかき消すような勢いで、柾鷹は吠《ほ》えた。腹の底から叫んでいた。

誰かを責めても仕方がないとわかっていたが、それでも声を上げずにはいられなかった。

混乱もしていた。

これから、この組がどうなるのか。自分がどうなるのか。何が起きるのか。

わかっているようでわからない恐さがあった。雪崩《なだれ》を打つように、千住組に関わるすべてが背中から押しよせて来るようだった。

その重さを想像しただけで息苦しい。

だが期せずして、場が一気に静まった。

とりわけ、オヤジのボディガードについていた男たちが肩を震わせ、目を赤くしてうなだれている。責任を感じないわけにはいかないのだろう。

油断があった。家の近所で、のどかな場所で。確かに、西の方では系列の組が大きな抗争になりかけていたが、千住がどこかと切迫した状態にあったわけでもない。

「柾鷹さん、どうか冷静に」

無意識に固めていた拳を、柳井がそっと包むように握りしめる。

「ご準備を。いろいろ……、必要です。——そのあとで」

やるべきことをやる。

男の目がそう言っているようだった。

身体から力を抜き、柾鷹はそっと息を吐く。

「ああ。手配してくれ」

そしてようやく、そばで立ち尽くしたままだった狩屋に目をやった。

まさに放心状態だった。いつもの感情を見せない表情ではなく、ただ虚ろな、感情を失った顔だった。

そんな狩屋を見たのは初めてで――その時だけだ。

「狩屋」

静かに呼びかけると、ようやく我に返ったようにピクッと肩が動く。

「……あ、すみません」

必死に震えを抑えるように、声がかすれていた。無意識にぎゅっと、白くなるほどに強く、右手が左の手首を握りしめている。

「オヤジさんは……、いつ、お帰りになりますか?」

それでも静かに口を開いた狩屋を、ハッとした表情で、まわりの男たちが眺めた。が、すぐに遺体が、という意味だとわかったのだろう。

「司法解剖になりますか?」

「あ…ああ、そうだな。弾がいるだろうしな……。病院の方で取り出すかもしれないが」

柳井が苦々しく顔をしかめる。

「ただ状況は明らかだ。何にしても時間はかからないはずだ」

そう言うと、柳井は居並ぶ舎弟連中に大きく声を上げた。

「おい！　門を閉めて中へ入れっ。オヤジを迎える準備が先だ。寺川《てらかわ》！　弁護士の先生に連絡を入れて、本家までお越しいただけ」

緊迫した表情のまま、テキパキと指示を出す。

それでようやく、固まっていた男たちが動き始めた。

その頃には、事実確認の問い合わせだろう、家の中の固定電話をはじめ、あちこちから電話の着信音がひっきりなしに響き始める。

柾鷹の懐でも鳴っていたが、応答するのがめんどくさく、いちいち説明する気にもなれず、と
り出した携帯をそのまま狩屋に投げた。

「狩屋、おまえしばらく、大学の方はかまわないか？」

それを受け取って着信を確認していた狩屋に、柳井が声をかける。

「はい、もちろんです。今はまだ春休み中ですから」

「柾鷹さんについてろ。……これからいそがしくなる」

重い、言葉だった。

もちろん、仕事はいくらでもある。話が広まれば、ぞくぞくと弔問客もやってくる。

だが、通夜や葬式の準備だけではない。

オヤジを殺した男がまだ逃げたままだ。たとえ、警察より先にその男を捕まえたとしても、ただの鉄砲玉だろう。寄越した黒幕を探る必要がある。

かなりややこしいことになるのはわかっていた。神代会を巻きこみ、大きな抗争に発展する可能性もある。

だが落とし前をつけることなく、千住がこの先、この世界で生きていくことはできないのだ。

それぞれが指示された仕事に散り、慌ただしく動き始めた中、その場に残っていた数人の男たちがいっせいに土下座した。

「申し訳ありません…っ！」

「すみませんっ、柾鷹さん…！」

声を震わせ、涙でぐしゃぐしゃにした顔を地面にこすりつける。

散歩に出た時、オヤジについていたボディガードたちだ。

あやまってすむ問題ではない。あやまったところで、取り返しのつく問題でもない。

『やっちまったことは仕方がねぇ。大事なのはそのあとの対処の仕方だ。よくも悪くも転ぶ。ま、やらかした舎弟のケツを拭くのも、上のモンの務めさ』

オヤジがよく言っていたことだった。

今の場合、よく転ぶことはあり得ない。が、片をつけることが柾鷹の役目なのだろう。

こんなふうに突然、大黒柱を失った千住を、まわりの組がハイエナのように狙ってくることはわかっていた。好機とばかりにシマやシノギを掠《かす》め取ろうとしたり、切り崩しを画策したり。組を、守り切らなければならない。

小さく息をつき、柾鷹は男たちの背中をたたいた。

「オヤジを迎えてやれ」

それだけを口にする。

そして家の中へ入ろうとした柾鷹を、あせったように男の一人が後ろから呼び止めた。

「あ、あの、柾鷹さん……！　これを……」

怪訝《けげん》に振り返った柾鷹におそるおそる男が差し出してきたのは、小さな金バッジだった。どこかで見たようなロゴがデザインされている。

「何だ？」

「見つけたんです。あの、オヤジさんが撃たれた近くの道端に。あの男が落としたんなら、もしかして手がかりになるかと思って…、サツには渡さなかったんですよ」

手のひらで受け取って、目をすがめて眺めた柾鷹は、その手を狩屋の前に突き出す。

「知ってるか？」

「この代紋は確か…、翠竜会《すいりゅうかい》じゃないでしょうか。美原《みはら》連合の」

狩屋が少し考えてから口を開く。

「美原連合な……」

柾鷹は指先で頬を掻いた。

確かに、このところもめている相手だ。オヤジが、というより、むしろ柾鷹の方が。

「翠竜会……！　美原の……」

「やろう……！」

「俺たちに行かせてくださいっ」

決死の表情で、男たちが身を乗り出してくる。

「まだだ。何にせよ、葬式が終わってからだ」

が、柾鷹はぴしゃりと言った。

何かがはっきりしたわけではない。慎重にいく必要があった。

「相手の顔、覚えてるか？」

思い出して、確認した。

男たちがおたがいに顔を見合わせる。そして、ガクガクとうなずいた。

「は、はい…！　若い男でした。二十一、二くらいの。キャップ、かぶってましたけど茶髪で。つり目のヤツです」

「お、俺……！　見ました。あいつ、銃を握った手を伸ばした時……、手首のとこが見えて。タトゥー、入れてたんです。弓矢みたいな絵にアルファベットのAがかぶってる感じの…。そのAが赤かったんで、くっきりと目立ってて」

口々に言う。

「それもサツには言ってません。頭から、とりあえず一瞬のことで何も覚えてない、って言えってことだったんで」

「よし。それでいい。顔は絶対に忘れるな」

はい…！　と男たちが声をそろえる。

柾鷹はギュッと手の中のバッジを握りしめた。

「これは俺が預かる。間違いないか調べるのが先だ。何かあった時はおまえらにやらせる。だから、おまえらも勝手に動くな。いいな？」

低く脅しつけると、顔を見合わせ、はい、と男たちが頭を下げる。

しばらくは血気にはやる連中も出てくるだろう。うかつに暴走されるとさらに面倒になりかねず、仕事を割り振ってきっちり押さえておく必要があった。

葬式というのは悲しみを紛らわせる作業だとも言うが、感情の冷却期間にもなる。

そうでなくとも、千住の組長の葬儀なのだ。

「派手に見送ってやろうぜ」

無意識に天を仰ぎ、柾鷹は小さく笑った。

それからまもなく、オヤジの遺体が本家にもどってきた。

血の気の失せた死に顔を見て、ようやく実感が湧いた。

本当に死んだのだと。もう二度と、柾鷹を怒鳴りつけることも、からかって笑い転げることもない。

「――ハッ、この先の世の中、ヤクザよりもっといい商売が出てくんだろ。先細りだからなァ…、この業界は。俺の能力が十分に発揮できるかどうか」

そううそぶいた柾鷹に、オヤジはあっさりと笑って言った。

「ま、おまえの好きにすりゃいいさ。つまらねぇ後悔はしないようにな」

そんなバカ話が最後に交わした会話になった。

享年四十六歳。
逝くにはまだ若すぎた――。

◇

◇

千住國充の通夜と葬式は、千住の本家で粛々と執り行われた。

百人を超える弔問客への接待、さらにそれについてくる数倍のお供連中の受け入れにも神経を使う。葬儀そのものは、基本的に葬儀社の手配にはなるが、やはり一般とは違う流れも多い。坊主の依頼に、通夜振る舞いから精進落とし、香典返しなどは規模が大きく、その独自の手配も必要だ。

喪主は、もちろん柾鷹だった。

大きな組の組長が急死した場合、跡目争いでもめることも多いが、千住に関して言えば柾鷹が直系の一人息子だ。とはいえ、血のつながりだけで跡目になれるわけではない。いくらカリスマ組長の二代目、三代目だったとしても、ぼんくらの能なしでは子分たちも命を賭ける気にはなれないし、ついていく舎弟もいないだろう。結局は、まわりに認められるかどうか、認めさせられるかどうか、ということだ。

柾鷹はこの二、三年、実際に現場で組の仕事に立ち会ってきた。取り立てのような小さな仕事から、不動産の売買、企業の買収、貸し付け、新規の立ち上げや輸入業など手広く関わり、その裏にある駆け引きやシノギの糸口を見つけたりもした。下積みの修行のようなものだ。

まだまだ時間は足りないし、経験も足りていないが、傘下の、かなり小さい組にまで積極的に自身で出向き、直接組長たちとも顔をつないでいた。祖父と孫ほどに年の離れた初老の組長とも気軽に飲んで、愚痴を聞いたり、将来的な展望、あるいは引退についての相談に乗った。小さな組だとなおさら、今のご時世でヤクザをやり続けるのは苦しい。辞めたい、と弱音を吐くのを、柾鷹としては責めるつもりはなかった。オヤジもそういうスタンスだとわかっている。

そのおかげか、傘下で「千住のぼん」は意外と人望があった。

この予想外の状況においても、千住組の中では速やかに、跡目は柾鷹さんで、という総意ができた、と言っていい。もともとは死んだ親父を慕って集まった組長連中も多く、その急死にともなって、組を守ろうという意識も強く働いたようだ。

――ただ、問題は。

「つまり俺にはその器がねぇと？」

葬儀のあと、本家の一室に顔をそろえた神代会の幹部連中と、柾鷹はまっすぐににらみ合っていた。

神代会で総本部長を務めていたオヤジの葬儀には、全国から友好団体の組長さんたちも参列してくれたが、神代会に所属する面々もほとんどが列席していた。

実際に盟友と言えるつきあいの深い組長たちもいるが、水面下では利権をめぐって足を引っ張り合っている関係の組も多い。殊勝にお悔やみを口にしつつ、腹の中ではほくそ笑んでいるヤツらも少なくないはずだ。

総会くらいでしか、この規模の集まりはなく、今後のことを話し合うちょうどいい機会でもあったのだろう。

本日はわざわざご足労いただきましてありがとうございました――、ときっちり喪主としての挨拶を返したあと、当然のことながら、先の話になる。

柾鷹が喪主を務めたことで、対外的には「千住の跡目は柾鷹」ということを周知させたわけだが、それでオヤジのすべてが引き継げるわけでもない。

千住組については、基本的には千住の中で決めればいい話だが、神代会という組織からすると、中核となる大きな組の一つなだけに、口を出さないわけにもいかない、という理屈もわかる。

柾鷹も、オヤジのお供や、一、二度は名代として例会に顔を出したこともあり、集まっているオヤジどもの顔はわかる。神代会会長に、理事長、幹事長、常務理事たち。慶弔委員長に、組織委員長に、相談役と、まさにそうそうたる顔ぶれである。ほとんどが五、六十代から七十代の、年季が入ったヤクザたちだ。

例会のような正式な会議ではない。だから、ちょっとした懇談会くらいの非公式な場ではあるが、これだけのメンツがそろっているのだ。実質的に例会に等しい。

その中で、柾鷹の千住組組長襲名についての異論が出されたわけである。

「まぁ、確かに一人息子がオヤジのあとを継ぐってのは当然だろうぜ。何の問題もねぇ。ただ今回はな…、千住のオヤジさんのことがあんまり急だっただろ？　あんたの方も準備ができてないんじゃねぇかと思ってな」

滝口の組長が耳障《みみざわ》りなだみ声でいかにも心配げな口調を作り、柾鷹を眺める。

オヤジとは神代会の中でのポジション争いで火花を散らしていたようだから、今回の状況には内心で躍り上がっているのかもしれない。

「特に問題はないと思いますけどね。俺もここ数年、オヤジの背中を見て勉強もしてきてますから。なんなら、オヤジ以上の成果を出せるんじゃないかと思いますよ。時代に合った若い力ってヤツでね」

滝口を真っ向から見返し、柾鷹はいかにもふてぶてしく笑って言い返す。

「そりゃ、お勉強は大事だがな……」

いかにも、やれやれ、と言いたげに首のあたりをさすり、滝口が意味ありげな目を横の男に向けた。

それを受けて、隣にすわっていた浜中《はまなか》という組長が口を開く。

「つまりこの世界、経験が重要だってことだ。あんたはまだ若すぎる。千住のシマは面倒な場所も多いし、まだ若いあんたには手にあまるんじゃねぇのか？」

「そう、こっちはそういう心配をしてんだよ。この隙を突いて、ヘタに一永会《いちえいかい》や美原連合の連中に千住のシマを荒らされると、俺たちの方にも影響が出る。わかんだろ？」

再び滝口が引き取って詰め寄ってくる。

「お言葉ですが、うちはオヤジさんが亡くなったからといって、すぐにガタつくような仕切りはしてませんからね。なめてもらっては困ります」

柾鷹のそばで控えていた瀬田が、わずかに膝を前を出すようにしてきっぱりと言った。

「ふつう、そんなモンでしょう？　……あぁ、滝口組長や浜中組長のところはどうだか知りませんがね」

それに柾鷹がいかにも皮肉な口調で言い添える。

「なんだと…、ガキが…！　生意気な口をききやがって！」

さすがに滝口の目がギロリと光り、わずかに腰を浮かせて気色ばむ。

「やめねぇか。今日は千住の葬式だぞ」

黙って聞いていた年配の組長が一喝した。

上座《かみざ》にいる神代会会長のすぐ横にすわっている、最側近の幹事長だ。

不服そうな表情ながら、しぶしぶ滝口が腰を下ろす。

「まぁ、そうは言っても、千住のオヤジさんの顔で抑えていたところもある。死んだとなりゃ、下も動揺するだろうし、敵対する連中は活気づくだろう。全部を押さえこむのはなかなか手間だと思うぜ？」

あらためて浜中が口を開いた。

「そんな問題でもないでしょう？　千住は傘下の組もしっかりしてるし、オヤジが亡くなった今だからこそ、って団結力もある。ま、跡目が若いのは確かだが、若いってのは悪いばかりじゃない。年寄りばっかりじゃ、組織が心筋梗塞を起こしますよ。むしろ、いい刺激になるんじゃないですかね？」

いくぶん軽い調子でそう言ったのは、鳴神《なるかみ》の組長だ。老舗《しにせ》の名跡で、オヤジとは同年代の盟友と言える間柄だった。慶弔委員長という立場もあって、今回の葬儀に関してはかなり骨を折ってもらっていた。

「おい、鳴神。年寄りってのはわしのことか？」

会長がにやりと笑って声を上げる。

御年《おんとし》七十五歳になる会長は、間違いなく神代会を取り仕切る最長老だ。

「若いイキのいいのがいれば、会長も若返りますよ」

とぼけるように鳴神が返した。

会長からすれば、死んだオヤジや鳴神の組長などもまだまだ若い部類だ。もともとやんちゃをする若い連中に目をかけている人のようで、柾鷹も最初に挨拶をした時にはかなり値踏みされた気がする。

横から口を出されて、滝口が嫌な顔をした。

「おい、まさかこの若造に幹部をやらせようってわけじゃねぇだろ？　いくら息子だからって、そんなに簡単に総本部長の役目ができると思われちゃ困るぜ」

クギを刺すように言って、柾鷹をにらみつけてくる。

「まさか。それはオヤジの役職ですからね。返上させてもらいますよ」

つらっとした顔で柾鷹は答えた。そしてさらりと付け足す。

「いずれまた、俺が務めさせていただくことになるとは思いますが」

ふん、と憎々しげに滝口が鼻を鳴らした。

「別に俺はあんたが跡目だってことに反対してるわけじゃねぇ。ただ、時期を待ってもいいんじゃないかってことだよ」

「時期、ですか?」

柾鷹はわずかに首をかしげる。

「あんたの前にいったん誰かを挟んで、その次にあんたに譲り渡す、という形をとってもよくはねぇか、って話だよ」

そう提案してから、滝口がちらっと横の瀬田を眺めた。

「何だったら、瀬田、おまえでもいい」

「私ですか?」

ちょっと驚いたように、瀬田が眉を寄せた。

なるほど、瀬田に組長の座をちらつかせて、千住を内側から切り崩そうという腹づもりかもしれない。

瀬田でなくとも、仮に柾鷹の前に誰かを暫定的な組長に据えたとすると、その男は推薦した滝口に頭が上がらなくなる。いいように組を食い散らかされるだけだ。

「柾鷹さん、あんたはもうちょっと修行を積んで、こう、組織の機微を学んだ方がいい。それからでも遅くはねぇだろ」

ハッ、と柾鷹は鼻で笑ってみせた。

「そんなもんは、俺が組長をやりながら身につけりゃいいモンでしょう。体験に勝る修行はないですからね」

「地位が人を作るとも言うからな」

鳴神がさらりと口添えしてくれる。

横でわずかに居住まいを正して、瀬田が口を開いた。

「千住では、柾鷹さんが組長ということですでに一家の賛同を得ています。他の神輿《みこし》を担ぐようなことは誰も納得しないと思いますね。よけいな混乱を生むだけです」

静かな、きっぱりとした言葉に、さすがに滝口もいったん口をつぐんだ。それでも首を振りながら、あきれたようにうなる。

「こんな若造に命を預けるってのかよ……。どうかしてんじゃねぇのか？　——会長はどう思われます？」

裁定を求めるように、上座に視線を投げた。

「そうさな…。ま、ここであれこれ言うより、千住のぼんの実力とやらを見てから判断してもいいんじゃないのか」

鷹揚《おうよう》な口調で言って、和装の会長がゆったりと腕を組む。

味方をしてくれているようで、なかなか厳しい言葉だった。柾鷹に実力がないと見切れば、あっさりと首を飛ばす、という意味でもある。さすがに神代会の会長ともなれば、一筋縄ではいかない。

そのくぼんだ眼差しがスッ…と上がり、鋭く柾鷹を見つめた。

「ただわしが気になるのは、千住を殺《や》ったヤツがまだ逃げたままだってことだ」

柾鷹はわずかに息を吸いこむ。

痛いところだ。

「おう、それだよ。オヤジのタマをとられたままってのは、千住だけの問題じゃねぇ。神代会の恥だし、会長の名前にも傷がつく。どうなんだよ？」

滝口が一気に盛り返してあげつらった。

「確かに、そんな状態じゃ、他の組になめられて、やりたい放題されそうだな」

浜中も尻馬に乗るように口を開く。

実際のところ、オヤジが殺されてきっちりと報復ができていないのは問題だった。オトシマエがつけられなければ、ヤクザではない。

江戸時代のサムライの仇討《あだう》ちではないが、親の仇を討たないうちは家督が認められず、お家断絶、ということもあり得るわけだった。

「目星はつけてるのか？　サツの方もかなり手こずってるようじゃねぇか。……まァ、どうせヤクザ同士のいざこざだ。あいつらが本気で調べてんのかも怪しいが」

滝口が顎を撫でながら、うかがうように柾鷹を眺める。

「まあ、一応」

慎重に、柾鷹は答えた。

ほう？　と滝口がおもしろそうに顎を持ち上げる。

単なるハッタリか、苦し紛れだと思ったのかもしれない。

「千住とやり合ってるところは多い。何かアテがあるのか？」

「ええ」

短く答え、柾鷹は腹に力をこめた。

まっすぐに滝口を、そして正面の会長を見据える。

「オヤジの一周忌までには片をつけますよ」

ここが駆け引きでもあり、覚悟を見せるところでもある。

何にしても、必要な通過儀礼だ。

「そりゃ、期待してるぜ」

滝口が唇をゆがめてせせら笑った。

延々と続いた弔問客も徐々に退《ひ》いていき、集まっていた幹部たちも適当なところで腰を上げて帰っていく。

柾鷹も一人一人、丁重に見送った。

「本当に残念だったな。次の総会で、千住は常務理事の就任が決まるはずだった。なんなら、近いうち、俺のあとを任せたいと思っていたんだが。これからまた千住の手腕が必要な場面が多く出てくるだろうに…、惜しい男だったよ」

別れ際、幹事長が渋い顔でため息をついて言った。

「もうちょっと待ってもらえたら、俺がそこまで行き着きますよ。なんなら、それ以上にね」

大口をたたいた柾鷹に、幹事長が低く笑う。

「楽しみだ」

「上納についてはこれまで通り、きっちり収めるようにしますんで、ご心配なく」

付け足した柾鷹に、おもしろそうな、うかがうような眼差しが返った。

「これまで以上、じゃねぇのか？」

「そうでした」

言い直した柾鷹に、ハッハッ、と肩を揺らし、幹事長が車に乗りこむ。

さらに最後まで残り、オヤジの遺影の前で線香を上げていた鳴神や名久井《なくい》の組長が引き上げて、ようやくホッと柾鷹も肩の力を抜いた。

「お疲れでしたでしょう。今日はゆっくりおやすみください」

瀬田にはそう言われたが、なかなか寝付かれなかった。身体は確かに疲れていたが、妙に目がさえてしまい、夜中の二時を過ぎて何気なく一階へと下りていった。

台所で水を飲み、祭壇が組まれている広間へふらりと入りこむ。

と、蠟燭《ろうそく》が灯《とも》っているだけの薄暗い中で、黒い影が動いた。

「柾鷹さん」

かけられた声で、それが狩屋だとわかった。柾鷹の方は、庭からの月明かりでおぼろげに見えていたのだろう。

「夜伽《よとぎ》か。悪いな」

のっそりと中へ入りながら口にする。

夜伽というとどうしても色関係を想像するが、骨になる前、死者を守って夜を明かすのは古くからの慣習だ。

と、思い出した。

「おまえ、昨日もだろ。寝てないんじゃないのか?」

「柾鷹さんもでしょう。お疲れ様でした」

ひっそりと狩屋が笑う。

そして、どうぞ、と手元の盃《さかずき》が差し出された。

どうやら一人で酒を飲んでいたらしい。いや、オヤジと二人で、だろうか。

「まだちょっと…、信じられねえな……」

柾鷹はじっと遺影を見上げる。

「はい」

静かにそれだけを、狩屋は答えた。

オヤジは狩屋を可愛がっていたし、狩屋もオヤジを慕っていた。

柾鷹とは違う、別の絆があったのだろう。

偉大な父だった。

だが、もういない。この世にはいないのだ。

その父の跡を、自分が継ぐ。

責任の重さに、ぶるっと身体が震えたのがわかる。

だが、やるしかなかった。

「俺はオヤジにはなれねぇけどな……」

知らず、そんな言葉がこぼれ落ちる。

「オヤジさんにはなれません。柾鷹さんは柾鷹さんのやり方で問題ありませんよ」

淡々と狩屋が言った。

そう言ってもらえると救われるし、安心する。

だが本当なら、もっと時間はあったはずなのだ。

オヤジから学べる時間。自分なりのやり方を見つけ、それを下の連中に納得してもらう時間が。

あとはもう、当たりながら自分の姿を見せるしかない。

「ちょっと早すぎたな…、オヤジ」

献杯するように酒のつがれた盃をわずかに持ち上げ、一気に飲み干した。

そして空いた盃を、スッ…と狩屋に差し出す。まっすぐに狩屋を見たまま。

——一人でできることではない。それは確かだった。

自分一人で、この千住組をまとめていけるとも思わない。

絶対に、この男が必要だった。

わずかに息を吸いこみ、狩屋が両手で盃を受け取った。

柾鷹は手を伸ばして盆にあったお銚子《ちょうし》を持ち上げ、狩屋の盃に酒を注ぐ。

「いただきます」

しっかりと柾鷹と目を合わせてから、狩屋が一気に飲み干した。

親子の盃だ。

これまで狩屋は、常にそばにいる守り役であり、友人であり、補佐だった。

その何が変わるわけではない。が、確かに関係は変わったのだ。

「親」と「子」という、絶対的なものに。

狩屋は自分にすべてを預ける。だから自分も、狩屋のすべてを信頼する。その行動のすべてに、責任を持つ。

襲名披露は——順調にいけば——一周忌にあわせた一年後になるだろう。

だが、柾鷹の腹は決まっていた。

なによりも、自分は千住の跡目だ。その意地を通す。

「よろしいんですか？」

ふいに聞かれ、一瞬、意味を取り損ねる。

だが、すぐに気づいた。

——遙のことだ。

チリッ、と胸が痛んだ。

らしくもなく、ずるずると未練を残してきた。だがもう、それもできない。

決定的に、世界が分かれたのだ。ヤクザの道を、自分は選んだ。

「しゃあねぇさ…。それが運命ってヤツだろ」

目を閉じて、柾鷹は低く笑った。

出会ったのが運命ならば、別れるのもまた運命だ。

「まァ…、縁が切れてなけりゃ、また会うこともあるだろうよ」

自分に言い聞かせるように、そうつぶやく。

「それで、オヤジを殺ったやつ、見つかりそうなのか？」

目を開いて、柾鷹は尋ねた。

もちろん、今までもただ葬式の準備をしていただけではない。目撃した男たちが言っていた特徴に当たる人間を、敵対組織を中心に、しらみつぶしに探させていた。

「いえ、まだ。やはり闇雲に探すの効率が悪すぎますね」

狩屋がわずかに眉を寄せる。

「構成員かどうかもわかりませんから」

そうなのだ。実行犯はヤクザとは限らない。

「これは…、どう思う？」

柾鷹はいつも持っている例のバッジを、ポケットから取り出した。以前にも狩屋には見せたことがあったたが。

「翠竜会ですね。一応、探りは入れてみたのですが」

答えながら、失礼します、と狩屋がバッジを指先で持ち上げた。携帯のライトを当てて角度を変えて眺め、ちょっと目をすがめる。

「きれいすぎますね…」

独り言のようにつぶやいた。

「ああ…、そうか。それか」

ハッと、柾鷹は大きくうなずいた。

何か違和感があったのだ。そうだ。きれいすぎる。新しすぎる気がした。ほとんど傷がなく、長年使いこんだものではない。

狙撃したのは若者だったようだし、もちろん構成員になって日が浅い、ということかもしれないが、そんな男に鉄砲玉など任せるだろうか？　いや、むしろ、そんな若者が鉄砲玉など引き受けるだろうか？

「むしろ、一度も使っていないようにも見えますが」

さらに後ろのピンを調べて、狩屋が言った。

返されたバッジを、柾鷹もあらためて調べる。確かに裏側のピンもしっかりとはまったままで、もし何かにつけていたものが外れたとしたら、ピンはなくなっているのが普通だろう。そもそも、ジャージ姿だったというその男が、どこにこんなバッジをつけていたのかも疑問だ。

——つまり。

「わざと落とした…、わざと捨てていったってことか……？」

無意識に指先で唇を撫で、柾鷹はつぶやいた。

「翠竜会がやったと思わせたかった、ということでしょう」

狩屋がうなずく。

ということは、逆を考えればいい。

「中の誰か。……滝口か、浜中、あたりか」

「あり得ますね。オヤジさんがいなくなれば、滝口に理事の椅子《いす》がまわっていく。少し先には、幹事長が自分のあとをオヤジさんに任せたいと考えていたようですし。兼任するようになれば、オヤジさんの発言力は一気に強くなる」

押し殺した狩屋の声に、隠しきれない緊張と怒りがにじむ。

「ま、オヤジに権力は集中するな。ただでさえ、滝口はオヤジから何歩も引けをとっていたのに、そうなると滝口が浮上する目はなくなる、か」

それで、今のうちにオヤジを排除するために動いた。さらに翠竜会と千住が抗争状態にでもなれば、千住の力を削《そ》ぐこともできる。

「可能性のある仮説ですね」

狩屋が静かにうなずいた。

「滝口に絞ってまわりを探せば、タトゥーの男を見つけられそうだな。ただ組の人間を使うのはリスクが高すぎる。組員じゃねぇだろう」

「うかつにこっちが調べているのを悟られると、その男が口封じされる危険がありますね」

「それは…、まずいな」

狩屋の指摘に、柾鷹は小さく唇を噛んだ。

実行犯を殺されれば、千住としては公式な「オトシマエ」をつけるのが難しくなる。後ろで糸を引いている人間との関係も確認できない。

ふと、思いついた。

「そうか。だったら、こっちがエサに食いついたと思わせておけばいい」

にやりと笑って、柾鷹は祭壇のオヤジを見上げた。

「待ってろよ。きっちり片はつけるさ……」


一年後――。

オヤジの一周忌を終え、正式に柾鷹は千住組組長としての襲名披露を行った。

本当にめまぐるしい一年だったが、おそらくこれで、当分、義理事からは解放されるはずだ。

襲名披露に参列したのも、葬儀の顔ぶれとほとんど変わりはなかった。ただ儀式のあとの食事は、「おめでとうございます」の言葉が飛び交う、賑《にぎ》やかな晴れの宴になる。

柾鷹としてはやはり、本日の主役でもあり、客の一人一人に挨拶をする必要があった。いいかげんめんどくさく、ぐったりとしていたが、これも仕事だ。

組長の仕事というのはたいがい退屈で面倒なものだと、この一年でようやく悟り始めていた。

「本日はありがとうございました」

と、何十回目かの挨拶を口にし、柾鷹が頭を下げた相手は、鳴神の組長だ。

「なんだ、心のこもってねぇ顔だな」

ペチペチと柾鷹の頬を軽くたたき、鳴神が低く笑う。

「そんな、心から感謝してますよ。ご祝儀もたんまりいただきましたからね」

そんなふうに返した柾鷹に、鳴神がハッハッ、と声を上げた。

「まぁ、おまえもいろいろと大変だったが、これからだな」

「今後とも、よろしくご指導をお願いいたします」

あらためて柾鷹は頭を下げる。

これも常套句《じょうとうく》だったが、鳴神の組長には本心から言える言葉だ。

「何かありゃ、頼ってくれよ。ま、おまえはギリギリまで我を張りそうだがな」

肩をすくめた鳴神が、わずかに身を寄せ、声を低くして言った。

「それで…、先代をやったやつ、突き出したんだってな?」

「ああ…、はい。おかげさまで」

すっきりとした顔で、柾鷹は答えた。

オヤジを殺した実行犯。矢吹《やぶき》旭《あさひ》という半グレだった。弓矢とAという手首のタトゥーは、自分の名前をもじったものらしい。滝口には金で雇われたようだ。

この男を特定するまで、柾鷹はわざと偽の手がかりを追いかけているふりで、翠竜会のまわりで子分たちをうろうろさせていた。例の、オヤジのボディガードについていた連中だ。

滝口を油断させるために、ちょっとしたケンカ騒ぎを起こしたりして、神代会の中でも少し問題視されることもあった。

数日ぶちこまれたり、殴られてケガを負うこともあったが、連中は自分たちの役割を理解して、きっちりとやり遂げた。

なんとか行き着いた矢吹の顔を目撃した連中が確認したあとは、何度か矢吹を襲ってみせた。殺すつもりはなく、ただ矢吹が口封じに殺されかけている、と思わせられればよかった。

怯えきったところで近づいて、全部しゃべれば保護してやる、と持ちかけて――やらせたのが滝口だと言質《げんち》をとった。

三カ月前のことだ。

――そして。

「そういえば、滝口はまだ見つからないようだな」

世間話のように、鳴神がとぼけた口調で言った。

実は滝口組長は、三カ月ほど前に突然失踪したきり、いまだ見つかっていなかった。

「みたいですね」

柾鷹も澄ました顔でとぼけ返した。

……が、今頃は太平洋のど真ん中で魚のエサになっている。

柾鷹が自分の手で、そこまで運んだのだ。

『ふざけたことをやってんじゃねぇぞっ、若造が！　タダですむと思うなよ！』

速やかに拉致した当初は凄《すご》んでわめいていた滝口も、だんだんと柾鷹が本気なのだと気づいたのだろう。

『冗談だろ…、おいっ。こんなことが……、あるわけねえ……。本気じゃねぇよな!?』

呆然《ぼうぜん》とした様子で、だんだんと口調が弱くなっていくのがわかる。

『よせっ！　やめろっ！　俺が悪かったから…っ、なぁっ、助けてくれよっ！』

最後はだらだらと汗と涙と鼻水を垂らした滝口の、みじめな悲鳴が暗い海の上で響いていた。

『往生際が悪いな。一か八かの勝負に負けたんだ。あんたもヤクザなら、最後くらいキレイに散ってみろよ』

少なくともオヤジなら、どんな死に方をしても泣き言は言わなかった。そう思う。

情けなく、すでに組長と呼ばれた片鱗《へんりん》も見えない男を柾鷹は冷ややかに眺めただけだった。

どれだけ自分が冷酷になれるのか、どれだけ自分の手が血で汚れているのか。

冷静に考えることができる。

もう引き返すことはできないのだとわかっていた。

――だから自分も、どんな死に方をしても泣き言を言うつもりはない。

滝口組は混乱とパニックの中、機能を失い、今現在は神代会の預かりとなっている。

何があったのか、正確にわかっている人間はもちろん少なかったが、神代会の中ではいろいろと考え合わせて察している人間もちらほらといるようだ。

鳴神もそうなのだろう。

実際にオヤジに手をかけた矢吹の方は、人知れず死なれても困る。千住がきっちりと見つけて制裁を加えた、ということを周知することが必要だったため、警察へ突き出した。

それで、千住の跡目としての面目は立ったわけだ。

「恐い坊ちゃんだな」

薄く笑い、ポン、と柾鷹の肩をたたいて、鳴神が帰っていく。

「おたがいさまですよ」

と、その背中に柾鷹はつぶやいた。

多かれ少なかれ、状況は違っても、この世界で生き残っていく人間はそれだけの覚悟がある。

神代会の中でうすうす状況を察している人間たちは、怒らせたら恐い狂犬だと、柾鷹への認識を新たにしたわけだ。ただのボンボンではないと。

柾鷹にしても心理的に優位に立てて、あとがやりやすくなる。

そしてこの襲名披露のあと、千住組の中でも多くの組員が辞めた――というか、一線を退いた。先代を慕っていた古老の組員たちだ。柾鷹の襲名を見届けて、ということだったらしい。

おかげで千住組の中では一気に世代交代が進んだ。

さらに七回忌を前に、千住の重鎮であり、要だった瀬田が「あとは狩屋でいいでしょう」とさらりと言って引退した。

大学を卒業し、本家にもどっていた狩屋は、ずっと瀬田の下で仕事を見ていたこともあり、スムーズに役目を受け継いだようだ。大学在学中から手がけている仕事も多く、かなりのいそがしさだと思うが、時間のやりくりがうまい。そしてさらに効率が上がるように、組織の中のシステムもいくつか改良したようだ。アップデート、というのだろうか。

事前に相談はあったが、正直、俺に聞かれても、というところだったので、丸投げだった。本家や、千住の一家で、仕事のやり方をどう変えられようと、柾鷹的に変わるところはほとんどない。基本的に組長としては、可否の判断をするだけなのである。

そんなことでバタバタしていたせいもあり、もうしばらく遙の顔は見に行けていなかった。忘れていたとは言わないが、余裕がなかった。物理的にも、気持ちの上でも。

このまま、いつか自然に忘れられるのかもしれない。あるいはそれが、幸せなのかもしれない、と思う。おたがいにとって、だ。

なくしたわけではない。

手に入れられなかったのだ。

お守りのような、ただ無条件にすがっていい存在を――。


先代が亡くなって七年。

地元の小学校を卒業した知紘は、中学から瑞杜学園へ入学することになっていた。息子を自分の母校へ行かせることは、柾鷹の中ではずいぶん前からの決定事項だった。

ちょっとした感傷であり、ロマンチシズムでもある。

親元を離れ、地方の全寮制の学校へ入ることを、知紘は別段嫌がってはいないようだった。

まあ、どこへ行こうと、生野が一緒、ということで安心なのかもしれない。むしろ、新しい土地にわくわく、というところだろうか。

柾鷹自身も経験があるが、素性を知られている地元の小学校というのは、やはり居づらかった、ということかもしれない。その愚痴をこぼしたことはなかったが。

入学式や何かは当然あったが、飛行機と車を乗り継いで何時間、という田舎へ行く根性はなく、学校から送られてくる書類や何かもまともに目を通したことはない。

そのあたりは、柳井に代わって本家の中を仕切っている前嶋《まえじま》が代行していた。

そもそも知紘は、形ばかりであるが「国香」という弁護士夫妻の養子になっているので、事務的な書類はすべてそちらの住所にまわる。そこから必要と思われるものだけが、本家に転送されてくるのだ。

学校が楽しい、とか、寮生活が堅苦しい、とか、そんな日常の出来事を報告し合うような、キャッキャッした親子関係でもない。

だから柾鷹が息子のクラス担任の名前を初めて聞いたのは、知紘が五月の連休に帰省してきた時だった。

あまりにも辺鄙《へんぴ》な田舎に突然放りこまれ、環境が違いすぎてホームシックになる新一年生が続出するため、瑞杜では毎年、ゴールデンウィークの帰省が許可されているのだ。

知紘はホームシックになるような可愛い性格ではないが、単に田舎の不便さに疲れて、文明社会の恩恵を少し享受したかったらしい。

「あっ、そうだ」

と、テレビにゲームにスイーツにと、連日享楽《きょうらく》的な都会生活を送っていた知紘が、ある日、思い出したように言った。

「ねー、担任の遙先生、とーさんと同い年なんだよ。瑞杜の卒業生って言ってたから、とーさん、同級生じゃない？　朝木遙先生」

別に運命論者というわけではまったくなかった。星占いに興味はない。

それでもやはり、運命と思うしかなかった。

……それとも、自分が気づかなかっただけで、遙も自分が忘れられなかった、ということだろうか？　そう自惚《うぬぼ》れてもいいのだろうか。

いいはずのない柾鷹との思い出が残る母校に、わざわざ帰っていたというのは。


待ちわびた遙との再会は、夕暮れの母校の教室だった。

知紘の担任の名を聞いて以来、本当にワクワクとこの日を待っていた。

すぐに出向いてもよかったのだが、このタイミングを待っていた。ただ、驚かせたかった。

柾鷹を見た瞬間、呆然と立ち尽くした遙の表情は、まさに驚きしかなかった。

もちろん、遙にしてみれば信じられるはずはない。卑怯《ひきょう》なほどの不意打ちだった。

生徒の保護者を待っていたはずで、――現れたのが、かつてルームメイトだった男だ。

忘れられるはずのない、男。

だが本当に忘れたかったのなら、ここにもどってくるはずはない。

だから、遙の表情が見たかった。確かめたかった。

「おまえもまったく、手間のかかるヤツだよな…。俺から勝手に逃げたかと思うと、こんなところで待ってやがる」

嫌がらせみたいに柾鷹がそう言った瞬間、遙は大きく目を見開いた。

自分でも、初めて気づいたみたいに。

誰も待ってなんかいない、と必死に嚙みつきながらも、十年ぶりに触れた遙の肌は柾鷹の手に馴染み、愛撫《あいぶ》に応えてあっという間に熱く高まっていくのがわかる。

柾鷹を喜ばせるには十分だった。

誰に聞いたことわざだっただろうか。

幸運の女神の前髪を捕まえた——、と思った。

「まァ、運命には逆らえないってことだなー」

にやりと笑った柾鷹が、キラキラする目で遙を見上げてくる。

「誰の運命だ」

見ようによっては、迷いのない無垢《むく》な瞳にまっすぐに見つめられ、気恥ずかしさにたまらず視線を逸らせながら、ふん、と遙は鼻を鳴らした。

「決まってんだろ。運命の赤い糸がガッチガチにつながってなきゃ、おまえがこんなとこにいるわけないからな」

鼻息も荒く、柾鷹が強気に主張する。

「おまえ…、意外とロマンチストだな。というか、ちょっと恥ずかしいぞ」

まったく、いい年をした男が。

無意識に口元を押さえて、遙は視線を漂わせてしまう。

もし、男の言う運命の糸があるとしたら、……なんだろう？　ぐるぐる巻きにされて、引きずられてきたんじゃないかという気がする。

「ああ…、でも運命っていうのは自分の手で切り開くもんじゃないのか？」

ちらっと笑って遙は指摘した。

そっちの方がカッコイイ気がするし、ヤクザ的には見栄を張ってカッコイイ方をとらなければいけない生き物だろう。

「その時々で都合のいい方を採用する」

「……うん。おまえらしいな」

それこそ恥ずかしげもなく言い切った男に、そういう男だよな、と納得した。

ある意味、柔軟性がある。意地を張り通すのがヤクザでもあるのだろうが、生き抜くにはその柔軟性も重要だ。必要なのは、そのバランス感覚なのだろうか。

「それで、どうしたんだ、今日は？」

膝、というか、腿の上にある男の額をペチッとたたき、遙は尋ねた。

「あー？」

言われた意味がわからないように、柾鷹が首をひねる。

「なんかあったから来たんじゃないのか？」

まあもちろん、下心だけでのこのこやってくる時もあるが、そういう時とは違う。

かといって、遙に何か用がある、というわけでもなく……ただ、来るだけだ。それこそ、顔を見に、だろうか。

それが何かはわからないが、柾鷹の中で何かある、ということはわかる。

単に疲れているとか、迷っているとか。痛みに耐えているとか。

だが考えてみれば、柾鷹が遙に愚痴を言うようなことはない。少なくとも、「仕事」に関することでは。怒っている時や、いらだっている時も決して遙の前に顔は見せない。そんな感情を、遙のところに引きずってくることはないのだ。

今さらに、そんなことに気づいた。

大事にされているのか…、と、ふっと思った。

なんとなく胸がくすぐったく、遙は男のごわごわした髪を軽くすいてやる。

「あー…、別におまえが知ってるやつじゃねぇけどな」

すると、ぽろりと言葉をこぼすように柾鷹が口を開いた。

「昔馴染みの組長が、今度、引退すんだよな……」

へぇ…、と遙はつぶやいた。

多分、そのこと自体に、何かの意見を求めているわけではない。

ただ何らかの思いがあるのだろう。淋しさなのか、引き止めたい気持ちなのか。

「ヤクザの引退とかあるのか…。ああ、そういえば、引退届を警察に出すんだっけ？」

曖昧な記憶をたどって口にすると、柾鷹がちょっと額に皺《しわ》を寄せる。

「いや、組の解散届とかは出すけどな…。まぁ、慣例？」

ああ、と遙もうなずく。

「引退してどうするんだ？　まともなカタギになるってこと？」

「まあ、更正を目指す連中もいるだろうが、そいつは田舎で農業をやりたいんだとさ。自給自足の生活なら、誰にも迷惑はかけねぇし」

「自給自足の田舎生活はちょっと憧れるけどな。……まぁ、ネットさえ通じていれば」

自分で言ってから、現代社会に毒されているな、と思う。

「引退してほしいか？」

ふっと無意識のように膝を撫でていた男の手が止まり、まっすぐな眼差しが尋ねてくる。

確かに…、それで命の危険がなくなるのなら。社会的にも悪いことではないのだろう。

だが、何か違う、と思ってしまうのは、やっぱり毒されてきているのだろうか。この世界に。

「まぁ…、よぼよぼになって使いものにならなくなる前に、若い世代にバトンタッチしてもいいんじゃないかとは思うけどね」

「誰がよぼよぼだっ。まだ使えるぞっ？　俺はまだ十分若いっ」

「誰もそんなことは言ってない」

いきなりあせったように声を上げた男の顔面を、遙は無造作にたたいた。そして、ちらっと微笑む。

「人間、最終的には土いじりに安らぎを求めるのかもな。手を汚すことも楽しくなる。庭に畑を作ってみたらどうだ？」

何気なく提案した。敷地はいくらでもある。が、景観的にはよろしくないのかもしれない。

あー…、と低くうなって、柾鷹が目の前にかざすようにして自分の手を見つめた。

「もう十分、汚れてるけどなー…」

ポツリとつぶやいた言葉に、なぜかドキリとする。

遙の頬に触れそうになって、ピクッと跳ねるように離れた男の手を、遙は反射的に引きもどすようにしてきつくつかんでいた。

ちょっと驚いたように、男の目が見開く。

「いいよ」

それだけを口にすると、問うように、うかがうように、柾鷹が瞬きする。

「いいから」

静かに、言い聞かせるように、遙は繰り返した。

自分はこの男のすべてを知っているわけではない。

自分には、自分にだけは見せない――見せたくない別の顔が、柾鷹にはあるのかもしれない。

ヤクザ、なのだ。

どれだけ世間と隔絶していようと、その世界のルールがある。

だから、かまわなかった。

すべてを知る必要はない。すべてを見せてくれる必要もない。

自分が――この男の「お守り」になれればいい。

この男が何者であろうと、そばにいる。ずっと一緒にいる。

遙の中で、思い迷う時期はすでに終わっていた。

じっと遙を見つめたまま息を吸いこんだ柾鷹が、そっと上体を持ち上げた。

おそるおそる伸びた手がそっと頬を撫で、うなじから頭をつかむようにして、強く引き寄せられる。

「ん…っ…」

強引に唇が塞がれ、熱い舌が入りこんでくる。きつく絡められ、味わわれて、遙は無意識に伸ばした手で男の肩をつかんだ。

薄い布越しに男の体温が手のひらに沁《し》みこむ。背中にすべり落ちた男の手が腰のあたりに巻きつき、さらに密着するように身体が引き寄せられる。

「……ふ…っ、ん……」

いつも以上にキスが長く、息を継いでは何度も奪われた。

ソファの上でわずかに持ち上げられた身体はバランスがとれず、とっさに支えようとして、膝が男の足の間に入りこむ。

「あ……」

ゴリッと硬い感触が腿にあたり、カッと頬が熱くなった。

ようやく顔を離し、にやりと男が笑った。

「あんまり煽《あお》るなよ…。イイ子にできなくなんだろ？」

人のせいみたいに言ってくる。

遙は負けないように、男をにらみ返した。

「今日の分は…、来週の前払いだからな」

ふーん？　と柾鷹がおもしろそうに顎を撫でる。

「じゃあ百年先の分まで前借りできるのか？　あ、百年じゃたりねぇか。五百年分くらい？」

「バカ…っ、――ん…っ、あぁ……っ！」

声を上げた瞬間、腕が引かれ、たやすくソファの上に押し倒される。あっという間にズボンが引き下ろされ、手際よくシャツのボタンが外された。

「こ…ここじゃ……」

「あー、ちょっと我慢できねぇなァ…。一発目はここで許してくれよ」

あせって声をうわずらせた遙にのしかかりながら、男の手がシャツをはだけさせた前をするりと撫で上げてくる。

「い…一発目…って、おまえ……！　――ひぁ…っ、あぁ…っ、ん……っ」

どれだけやるつもりだっ、と言いたいところだったが、脇腹をたどった手が乳首に触れ、オモチャにするみたいにもてあそび始めて、知らず甘いあえぎ声に変わってしまう。

鋭い爪で尖《とが》った先がいじられ、押し潰すように転がしたあと、きつく摘《つま》み上げた。

「つ…っ、ん…ぁ…っ」

身体の芯を走り抜けた痺《しび》れに、遙の上体が波打つようにのけぞる。

「おっと」

その身体をすくい上げるようにして、男の唇が片方の乳首に吸いついた。

「ふ……ぁ……、あ……ん…っ」

唾液がたっぷりとこすりつけられ、舌先でなぞるようになぶられてから、軽く甘噛みされ、ジンジンと甘い熱が腰の奥にたまってくるのがわかる。濡れて敏感になった乳首が指に譲り渡され、執拗《しつよう》にいじられながら、今度はもう片方が舌の餌食になる。

胸への刺激だけで、遙の前は痛いくらいに張りつめ、無意識に手が伸びていた。

「……おいおい。もう、コレか？」

しかし楽しげに笑う男の手に払われ、両膝が無造作に押し広げられて、淫《みだ》らに蜜を垂らす遙の中心が男の目の前にさらけ出された。

「やぁ……っ！」

羞恥に全身を火照《ほて》らせながら思わず声を上げたが、男はさらに体重をかけるようにして遙の両膝を折り畳み、間に身体をすべりこませる。

そして次の瞬間、温かい感触に中心が包まれ、そのまましゃぶり上げられて、たまらず腰を振りたくった。

「いつもよりぜんぜん早いぞ？　案外、ソファでやるのも好きなんだなー」

意地悪く言われて、恥ずかしさに遙は両腕で自分の顔を隠す。

喉で笑いながら、男の指が根元の球を揉みしだき、とろとろと蜜を溢れさせる先端を軽く吸い上げる。

「ひぁっ！」

それだけで爆発するような刺激が腰を突き抜け、そのまま達してしまいそうだった。

「もうちょっと我慢しろよ…、ん？」

だが男の指が根元をきつく堰《せ》き止め、さらに全体をなめまわす。

「あぁっ、あぁっ、あぁぁ……っ」

もうどうしようもなく、腰を揺すりながら遙は無意識に男の髪をつかんでいた。

「ほら…、こっちに欲しいんじゃないのか？」

さんざん前を味わってから、柾鷹の指が腰のさらに奥へとすべり落ちる。

息も絶え絶えになりながら、その言葉もまともに耳に入っていなかったが、硬い感触が奥の窄《すぼ》まりに触れた瞬間、思わず腰を跳ね上げた。

「なっ、……あぁぁ……っ」

と同時に、強く腕が引かれ、身体が一気にひっくり返された。ソファの座面にうつぶせに倒れ、縁の腰を引っかけるようにして、男に無防備な背中を見せる。

「あぁ…、いいな。背中もきれいだ」

満足そうに柾鷹がつぶやき、ツッ…と背筋を指でたどられて、ビクッ、と肌が震える。

そして行き着いた二つの山が大きく広げられ、隠しようのない期待にヒクヒクと痙攣《けいれん》する襞《ひだ》に息が吹きかけられて、逃れようもなく遙はギュッとソファに爪を立てた。

「可愛いな…」

ほくそ笑むように背中でつぶやき、次の瞬間、襞の表面がなめ上げられる。ついでえぐるように中まで舌が差しこまれて、たっぷりと唾液を送りこまれた。

「あ…あぁぁぁ……、ダメ……っ、もう……、よせ……っ」

必死に歯を食いしばるが、どうしようもなく淫らなあえぎ声がこぼれ落ちる。

「ほら…、中、欲しいんだろ?」

いやらしく言いながら、探るように男の指が中へ入りこみ、好き放題に掻きまわした。そのまま何度も抜き差しされ、大きさに馴染まされていく。

執拗にこすり上げられ、その場所の熱が上がるごと、ジンジンと中が疼《うず》いてくるのがわかる。

「あ…、もう……っ」

こぼれた唾液がソファに滴り、涙目でうめいた遙に、ようやく男が指を引き抜いた。

代わりに熱く、硬いモノがその場所にあてがわれる。先走りに濡れた先端がからかうようにこすりつけられ、卑猥《ひわい》な襞が男をくわえこもうといっせいに収縮する。

「ハハ…、いいな……」

かすれた声でつぶやいた男が、一気に中へ押し入れた。

「あぁぁぁぁ……っ！」

その重さと、熱と、質量が遙の中をいっぱいに満たし、しばらく中で落ち着いたあと、突然動き始めた。うねるように何度も揺すり上げられ、激しく出し入れされる。

「あぁっ、あぁぁ……っ、そんな……っ」

全身が、頭の中まで揺さぶられ、体中が男に食い尽くされていく感覚に溺れる。

根元まで深く男をくわえこみ、一気に引き抜かれた瞬間、こらえきれず遙は達していた。

しかし抜ききらずに再び男が中を貫き、背中からべったりと身体を密着させて、遙を抱きしめた。手慰みのように、前にまわった男の指が遙の乳首をもてあそび、脇腹を撫でる。濡れそぼり、力を失った中心が、確かめるように手の中であやされる。

汗ばんだ体温に包まれ、遙はただ荒い息を吐き出すしかない。

「あー…、ソファ汚したの、俺じゃねーぞ？」

連帯責任のくせに、柾鷹が一人、罪を逃れようと主張する。

「おまえの……、せいだろ……っ」

肩越しに、必死に男をにらむと、柾鷹が指先で軽く頬を撫でてくる。

「いいな、おまえににらまれんの。ゾクゾクする」

「なっ……、――あぁぁっ！」

遙が目を見開いた瞬間、さらに何度が中が突き上げられ、遙が二度目に達するのと同時に、中が熱く濡らされた。

頭がぼぅっとし、指を動かすのもだるい。

熱い身体がぐったりと重なり合い、しばらくはおたがいの吐息しか聞こえなかった。

「重い」

それでもようやく、遙はクレームを入れる。

かまわず、男は懐くようにしてさらに遙の身体を抱きしめた。

「あー、まずいな…。今度、おまえに逃げられた時のことが想像できねぇわ…」

ハァ、と耳元でそんな声が落とされる。

「どうした？　弱気だな……」

思わず低く、遙は笑ってしまった。

「絶対離さない、くらい言うのかと思ったけどね」

うん？　と柾鷹が背中でわずかに身を起こすのがわかる。

そして遙のうなじに、肩に、頬に、きつく唇を押しつける。

「絶対…、離さない」

ささやくような声が耳に深く落ちてきた――。

end.

slapstick love ―永い春―

「信じられる!?　あの男、一度も部屋に帰ってこなかったのよ!?」

若い女性の甲高い声がカフェの店内に響き渡り、向かいの席にすわっていた朝木《あさぎ》遙《はるか》は思わずあたりを見まわしてしまった。

七月に入って一週間。

梅雨の晴れ間でひさしぶりに青空が広がり、そういえば七夕の今夜は、もしかすると彦星《ひこぼし》と織《お》り姫《ひめ》もめずらしく逢瀬《おうせ》を楽しめるのかもしれない。

……のだが、今の遙の周辺には暴風雨が吹き荒れていた。心象風景では、だ。

現実には、川沿いのオープンテラスのカフェで心地よい風が吹き抜けており、昼下がりのこの時間、平日とはいえ、多くの席が埋まっている。

そしてその声は、店内だけでなく、すぐ横の歩道を歩く人々の視線も引き寄せていた。いかにも好奇心いっぱいの表情で、ちらちらとこちらを眺めていく。

そうでなくとも、遙の前にすわっているのは人目を惹《ひ》くなかなかの美人だ。

ふわりと揺れるロングの髪に、ミニ丈のスカートからは長くきれいな足がすらりと伸び、あからさまに視線を向けていく男たちも多い。

もっともその素性を知れば、蜘蛛《くも》の子を散らすように逃げていくのかもしれないが。

沢井《さわい》梓《あずさ》——神代《かみしろ》会系沢井組組長の一人娘である。

遙とはひとまわり以上も年が違う、現役の女子大生だ。今の言葉で言えばＪＤというやつだろうか。

さすがにこれだけ注目を集めると、自分たちがどんなふうに見られているのか気にかかった。

怪しげなスカウトか何かと思われると、ちょっと困る。ただスーツ姿というわけでもなく、ある種フリーランスの仕事のせいか年よりも若く見られる遙なので、少し年の離れたカップルか兄妹か、と思ってもらえれば、まあ、上出来だ。

さすがに生まれ育った環境のせいか、美人なだけに怒るとかなりの迫力だった。

梓との関係は、一番簡単で的確に言い表せば「友人」だった。年も離れた女子大生とただの友人関係というのもめずらしいかもしれないが、いわゆる「業界」つながりだ。

ヤクザ業界である。

遙自身は、フリーのファイナンシャル・アドバイザーであり、トレーダーでもあるのだが、遙の「男《オトコ》」は神代会系千住《せんじゅ》組の組長、千住柾鷹《まさたか》だった。

中学生の時に出会い、途中十年ほど音信不通の期間を経ていきなり遙の前に現れると、昔と変わらぬ強引さで近づいてきた。

ほだされた……つもりはなかったが、やはり遙も忘れらなかったのだろう。

ヤクザ相手に、我ながらバカだと思うし、悔しいし、気恥ずかしいしで、そんなことは絶対に柾鷹に言うつもりはなかったけれども。

そして、なんだかんだの末、今は遙も千住組の本家で暮らしている。

つまり、梓とはおたがいに、自身はヤクザではないもののヤクザを身内に持つ者、という共通項があるわけだ。

そんな環境ではなかなか親しい友人を維持することもままならず、おたがいにいい話し相手になっていた。

……というより、このところストレスたまりまくりな梓にとって、遙は唯一、愚痴《ぐち》を吐き出せる相手、なのかもしれない。

幸か不幸か、事情もよくわかっている。

「十日もあったのよ!?　その十日間のクルーズ中、一度もっ！　なんなの、あの男!?　インポなのっ!?」

「……えーと、ちょっと声を落とそうか、梓ちゃん」

無意識に身を乗り出していた梓をなだめるように手を上げて、遙は愛想笑いとともに小さく言った。

こんなおしゃれなカフェのど真ん中で、インポなどと叫ばれては、男の端くれとしては立つ瀬がない。意味ありげな同情の眼差《まなざ》しで見られるのも、ちょっと勘弁してほしい。

梓の言う「あの男」というのは、沢井組の若頭《わかがしら》、小野寺道昭《おのでらみちあき》のことである。

三十代なかばで、遙とは同い年くらいだろうか。仕事に関しては冷静で思慮深く、落ち着いた幹部ビジネスマンといった風情の男だった。実質的に沢井組を仕切っている、なかなかのやり手らしい。

つまり、梓とはやはりひとまわり以上も年の差があるわけだが、梓はずっと昔から小野寺のことを慕っていた。一人の男として、だ。

組の若頭と、「お嬢さん」である梓とは幼い頃からつきあいがあり、二人には長い歴史があるわけだ。

そして梓は、小野寺に対して猛烈にアピールしているのだが、小野寺の方は相手にしていなかった。

いや、小野寺にしても梓のことは憎からず思っているのではないか、と遙の目には見える。しかし、父親の沢井組長は娘をカタギの男に嫁がせたいという気持ちがあるらしく、小野寺もそれに同意しているようだ。

まあ、梓の幸せを考えれば、ということなのだろう。

梓の憤慨《ふんがい》は、遙にも理解はできた。

つい先日、ちょっとした成り行きで遙は柾鷹と一緒に十日間のクルーズ旅行に出かけたのだが、その船上で偶然、梓と出会った。そして小野寺も、警護ということで同行していた。

二人きりというわけではなかったが、計画的に二人で泊まれるように部屋も手配し、梓としてはその船旅に勝負をかけていたようだが、……どうやら、不発に終わったらしい。

梓が大きく息を吸いこみ、気を鎮めるように目の前のアイスカフェオレに手を伸ばした。ちゅーっとストローで半分近くを一気に吸い上げてから、ドン、とテーブルにもどす。

そして、ぎろっと据わった目で遙をにらんだ。

「そんなに……そんなに私、女としての魅力がないってこと？　完璧な据え膳でしょうがよっ!?」

「ええと……」

据え膳も完璧すぎると、なんというか、むしろ罠っぽくてよけいに警戒されたのでは？　と内心で思わないでもなかったが、遙もわざわざそれを口に出すほど愚かではなかった。

「私、バージンなのよ!?　この年まで！　どうしてだかわかるわよね!?　誰の手垢もついてないのよっ。ああ、チンカスって言ってもいいけどっ」

「梓ちゃん……」

さらに声を上げる梓に、遙は思わず額を押さえた。

さすがにもう、まわりを見る勇気もない。

結局のところ、小野寺としては立場上、とても「お嬢さん」に手を出すわけにはいかない、ということなのだ。

そのあたりは梓もわかっているだけに、客船の中という逃げ場のない場所へ追いこんで、なんとか手を出させ、既成事実を作ろうとしたようだが、小野寺は徹底的に逃げたらしい。

「だいたい十日間、一度も部屋に帰ってこないで、どこにいたのよ？　……ああ、鷹ぴーと飲んでたりしたのよねっ」

鷹ぴー、というのは、梓が柾鷹につけたあだ名みたいなものだ。千住の組長を捕まえて「鷹ぴー」呼ばわりできるのは、さすがにヤクザの娘である。

「まぁ…、そうだね」

いかにもとげとげしい、言外に遙の責任でもあるのだ、と言いたげな言葉に、遙は苦笑いする。八つ当たり気味だが、……まあ、多少、責任を感じないわけではない。柾鷹の監督不行き届きという意味では。

それに、豪華客船で遊ぶ場所はふんだんにあったとはいえ、一度も船室に帰らないのでは着替えや何かにも不自由したはずだ。おそらく小野寺は、千住の若頭である狩屋《かりや》の部屋にでも、荷物を置かせてもらっていたのかもしれない。

そのあたりの逃げ道も、塞《ふさ》いでおいてやるべきだっただろうか。

「私からは逃げまわってたくせに、フロアで女と踊ってたしっ」

思い出したみたいに、梓がこめかみに剣呑《けんのん》な筋を立てる。

「ああ…、うん」

それは、適当に何かしていないと時間も潰せないし、何もせずに突っ立っているだけでは不審者だ。

「そのくせ、私が巫女《みこ》コスしてたら怒るしっ」

「なるほど」

仮装パーティーの時だろう。巫女姿だったが、ミニでハイソックスという、今時のコスプレだった。それでもオリエンタルな雰囲気があったのか、外国人の男には取り囲まれていたようだ。

……外国人だけでもなかったが。

考えてみれば、小野寺は梓から逃げまわりながら警護する、という、なかなかの離れ業《わざ》をやっていたわけで、大変だったろうな…、としみじみ同情する。

実際、若い女性の一人旅（に見えた）梓にしつこくちょっかいをかけていた男たちはかなり多く、小野寺がこっそりと追い払っているところも見かけていた。

遙も、梓の愚痴にうかつに答えると嚙《か》みつかれることはわかっているだけに、曖昧《あいまい》な相槌《あいづち》だけを返すだけにとどめる。まあ、こういう時は黙って聞いてやるのが一番だ。梓としても、思いきりぶちまけたいだけなのだろう。

そしてたまっていたもやもやをようやく全部吐き出したのか、梓がばったりとテーブルに突っ伏した。ハァ…、と深いため息をつく。

「なんか…、もうダメなのかな……」

それまでの怒りに任せた勢いが消え、いつになく悄然《しょうぜん》とした様子だった。

「梓ちゃん…」

さすがに遙もちょっと切なくなる。

確かに、小野寺が絶対に受け入れるつもりがないということなら、梓も思い切って別の恋を見つけた方がいいのかもしれない。

なにしろ、意地を張り通すことができなければヤクザじゃない。一度決めたことなら最後まで張り通すくらい、小野寺も頑固なはずだ。

「あっちゃんはどう思う？　望み……ないと思う？」

ふっと泣きそうな視線だけを上げて尋ねてくる。

あっちゃんというのは、梓特有の遙の呼び方だ。

「そうだね……。梓ちゃんのことを大事に思ってるのは確かだと思うけど」

「妹みたいに？」

真剣な眼差しだった。

「それは小野寺さんにしかわからないことだから」

「だよね……」

大きなため息とともにつぶやいてから、梓は手慰《てなぐさ》みのようにストローでカラカラとグラスの中の氷をまわす。

確かに、梓の好意はわかっていても小野寺にとっては大事な妹でしかないので、その気持ちを受け入れられない、という可能性はあるのだ。

やがて、梓が静かに口にした。

「もう……、けじめをつけようかな、って。望みがないんだったら、いつまでもつきまとってるのは邪魔だろうし。ま、私の面倒をみるのに、仕事の手を止めさせてるわけだしね」

そのあたりの自覚は、さすがに沢井組の娘としてはあるようだ。

「けじめ？」

ちょっと首をかしげた遙に、梓がきっぱりと言った。

「そう。最後にもう一回だけ、小野寺の気持ちを試してみたいのよ。それでダメだったら、もうあきらめるから」

そして、ずいっとテーブル越しに身を乗り出してくる。

「あっちゃんも協力してくれるわよね？」

ちょっと不穏な雲行きになってきたのを感じ、遙はいくぶん警戒しつつ聞き返した。

「あーと……、試すってどうやって？」

なかなか腹を割らない男のようにも思う。

「それを考えてほしいんだってば。……ま、でも、やっぱり当て馬かな。頼んで、誰かに私の恋人のふりをしてもらうの。私が他の男とつきあい始めたら、少しはあせるんじゃないかと思うんだけど」

テーブルの上に腕を立て、梓が内緒話でもするように、わずかに声を落とした。

「古典的だね」

突飛な内容ではなくて、少しホッとしつつ、遙はコーヒーに手を伸ばす。

むしろ、可愛《かわい》いと言ってもいいくらいの作戦だ。

「古典的っていうのは、それだけ昔から効果があって使われてるってことでしょ？　ここは正攻法でいくわ！」

いや、それは正攻法とは言わないと思う。

自分に納得するようにうなずいた梓に、思わず遙は内心でつっこんだ。

「だいたいあの男、私の気持ちを知ってるから、安心してるところがあると思うのよ。本気で他の男にいくって思えば、少しはあせるんじゃないかな？」

想像したのか、ちょっと楽しげに梓が口にする。それは期待でもあるのだろう。

「相手の男にもよると思うけどね。もし問題のない相手なら、かえって勧められるかもしれない」

遙は少し、意地悪く指摘した。

かわいそうだが、あまり期待が大きすぎるとあとがつらい。

「だからその時は……、あきらめる」

大きく息を吸いこんで、梓が思いきるように言った。

そうか…、と遙もうなずいた。

その覚悟があってやるのなら、遙としても止める権利はない。

「じゃ、相手を考えるとして、どんな男がいいの？　小野寺さんから乗り換えるんなら、それなりの男じゃないと説得力がないと思うよ」

そしておそらく、そういう男は少ない。

そもそも、ヤクザ相手だ。梓がつきあっている男となると、小野寺にしても徹底的に素性を調べるだろう。うかつな相手には頼めない。

「そうよね…」

さすがに具体的な話になると、梓も難しい顔で考えこんだ。

「それなりにインパクトのある相手じゃないと。でないと、こっちの計画は見透かされると思うよ」

「そうか…。簡単にそういう相手は見つからないのか。そういう意味じゃ、前に鷹ぴーの名前を出したのは正解だったわけね」

以前に梓は、父親の持ってくる見合い話を振り切るために、面識もなかった柾鷹の名前を出したのだ。一方的に好意を持っている、と。

遙との噂《うわさ》があったせいで、それ以上、話が進むはずはない、と高をくっていたらしいが、結局、そのことが遙と知り合うきっかけにもなった。

「いきなりつきあい始めるんだったら、よっぽど好みの男とかね。顔で好きなタイプとかはあるの？」

「うーん…、そうね、遊馬《あすま》ケイとか、結構好きかな。俳優の」

「ああ、ヤクザ映画によく出てる人。個性派の。最近、人気だよね」

遙はうなずいた。

とはいえ、人気俳優を引っ張ってくるわけにはいかない。

「じゃ、理想はどういう人？」

何気なく尋ねた遙に、梓は真剣に考えこむ。

「えっと…、包容力のある人かな。私を自由にさせてくれる人で、でもちゃんと見ててくれる人。チャラいのは絶対ダメ。渋めで、年上がいいな。優しくて、落ち着いてて、スーツが似合う感じ。でもいざという時には、きっちり落とし前をつけられる人じゃないとね」

「……なるほど」

いや、だからそれは小野寺さんだよ。

思わず内心で遙はつぶやいた。

なんか、ちょっと笑ってしまう。

本当に好きなんだな…、と微笑《ほほえ》ましい気がして。

あまり積極的に関わるのはどうかと思ったが、やはりうまくいけばいいと思う。

ともあれ、梓の気のすむまでつきあうしかなさそうだった——。

遙が千住組の本家――の離れ（に住んでいる）にもどってきたのは、夜の八時をまわったころだった。

あのあと、梓とは早めの夕食をともにし、「偽の恋人役」の人選について話し合ったのだ。

一番適任なのは狩屋かも、と思ったが、梓の恋愛事情に千住を巻きこむわけにはいかず、ただでさえいそがしい男にそこまで面倒をかけるのも心苦しい。

それに、できればヤクザではなくカタギの男の方が、梓がつきあう相手としては小野寺にアピールできそうだ。

そのへんのチンピラとか、難のある相手だと、小野寺の気持ちがどうであれ、当然反対するはずで、それでは何の証明にもならない。小野寺が文句を言えない相手で、反対させなければ意味がない。

「どうしてこの人とつきあっちゃダメなのよ!?」

「相手が誰でも関係ない。俺がおまえを渡したくないんだ！」

……とかいう展開を、梓としては期待しているわけだろう。

しかし、ヤクザ相手にそんな計画に乗ってくれる都合のいい男はそうそういない。

結局、保留にして帰ってきたのだが。

「どこ行ってたんだよー？」

離れに入ると、二階のリビングでむっつりとした顔の柾鷹がソファでふんぞり返っていた。

泣く子も黙る千住組の組長だ。三十代なかばという若さで、関東一円を仕切る神代会の幹部である。

ダークスーツ姿で黙って立っていれば、さすがに近寄りがたい迫力があるのだが、遙の前にいる男はどこか憎めない愛嬌《あいきょう》が感じられる。

多分、昔の……中学時代からの柾鷹を知っているからかもしれない。まあ、あの当時でも、学校の中では存在感がありすぎたけれども。

そしてあの当時から、我《わ》が儘《まま》で自分勝手な男だった。

自分にできないことは何もないし、欲しいものは何でも手に入ると言わんばかりの。

そんな男に、昔は反発していたはずだったのに。

うっとうしいし、面倒だし、手のかかる男だったが、開き直った今は少しばかり可愛くも思える。

「なんだ…、いたのか」

遙はわずかに目を瞬《またた》かせてから、ゆったりと薄いジャケットを脱ぐ。

柾鷹もワイシャツ姿だったので、どうやら外から帰ってきた足でまっすぐ、こちらに来たらしい。どのくらい待っていたのか、ローテーブルにはウィスキーらしいグラスものっている。

この離れの二階にはめったに若い子分たちも上げないので、めずらしく自分で作ったのだろう。

「ほら…、上着を放り出したままだと皺《しわ》になるだろ」

遙は眉《まゆ》を寄せ、柾鷹が横へ無造作に脱ぎ捨てていたスーツの上を拾い上げる。

その遙の腕を、柾鷹がグッとつかんだ。わずかに顔を近づけて、ちろっと見上げてくる。

「あの女と会ってたんだろ？」

「あの女って？」

一応、遙はとぼけてみせた。

「あずにゃん」

「見張ってたのか？」

男の手を振り払い、わずかににらんだ遙に、柾鷹が肩をすくめる。

「いや。だが、匂いでわかる。あの女がよくつけてる香水？　の匂いがしてる」

「よくわかるな…。そんな犬並みの嗅覚《きゅうかく》があるとは知らなかったよ」

不機嫌そうにちょっと顔をしかめた男に、嫌みでもなく感心し、遙はなんとなく自分の腕と、そして手にかけていたジャケットに鼻を近づける。

言われてみれば確かに、ふわりと軽く柑橘《かんきつ》系の匂いがした。香水というより、オードトワレだろう。

「何の用なんだよ…。ったく、しょっちゅうおまえを引っ張り出してるみたいだけどな」

眉間《みけん》に皺を寄せ、柾鷹が腕を組む。

「お茶につきあっただけだよ」

「女子会かっ」

「進路相談とかね」

噛みついた柾鷹に、遙はさらりと答える。

「悩みの多い年頃なんだよ。……おまえは悩みなんかなさそうだけどな」

いつだって思い通りに、好きなことをやっている男だ。

軽く言いながら、柾鷹のスーツを整えてソファの背にかけ直し、自分のジャケットも横に並べてから、なんとなく手を伸ばして柾鷹の飲んでいたグラスを持ち上げた。

「そんなわけねーだろ。俺だって日々、いろいろと悩んでるぞ」

いかにも不本意な様子で抗議する男の声を聞きながら、遙はロックのウィスキーをクッ…と喉《のど》に落とす。カラン…、とグラスとぶつかる氷の音が耳に涼しげだ。

夕食は食べたがアルコールは抜きだったので、少し飲みたい気分でもあった。

ふぅ…と短く息をついてから、ちらっと笑って男を見下ろした。

「知ってる。でも、悩みがなさそうに見えるところがすごいんだろうな」

思い通りに、好きなことをやり通すのは簡単なことではない。

神代会の中で、実際どれだけ命を賭《か》けるような駆け引きや決断を日々しているのか、想像するのは難しくない。それを遙の前では見せないようにしているのも、わかっていた。

そんな遙に、柾鷹がちょっと怪訝《けげん》な顔をする。

いつもの遙なら、もっと冷たくあしらうかと思っていたのだろう。進んで酒を飲むのもめずらしい。

「……おまえ、今日はどうした？」

柾鷹が腕を伸ばして遙の身体を引き寄せる。いくぶん強引ではあったが、遙も特に逆らわず、隣に腰を下ろした。

「何が？」

喉で笑い、遙はいかにもな調子でとぼけてみせる。

「どっかおかしくねぇか…？」

「浮気してるとでも？　梓ちゃんと？」

うかがうように眺めた男に、遙はちょっと挑発するように口にする。

梓の話を聞いていたせいか、今日はこの男に絡まれるのもそんなに嫌な気分ではなかった。

組長の一人娘と若頭なら、ヤクザ的には何の問題もないように思えるのに、なかなか難しいものらしい。

小野寺が、たとえ別の選択をしたとしても、梓を愛していないわけではない。愛しているからこそ、という理由かもしれない。

そう決断したのなら尊重するが、やはりちょっと切ない気がした。

柾鷹にしても、いつもつらっとした顔で、しかしこれまでいろんな困難にぶつかってきたはずだった。「愛人」と公言している遙のことにしても、だ。

他の組長連中からは、いろいろと言われていることも多いのだろう。あからさまな皮肉や、当てこすりも。

それでも…、いつも遙に対してはまっすぐだった。

そう、嘘《うそ》をついたことはなく、まっすぐに気持ちを向けていた。

正直、もうちょっとまわりの目を考えろ、と言いたくなるくらいに。

案外、自分は幸せだったんだろうか…？　とうっかり考えてしまうほどだ。

客観的にみれば、どう考えても、こんなヤクザな男につきまとわれるのは不幸でしかないはずなのに。

「浮気？　まさか。俺が疑ってるわけねぇだろ？」

遙の言葉に、ふん、と柾鷹が鼻を鳴らす。

「こんなに完璧なダーリンがいるのに、おまえが浮気なんかするわけねぇからなー」

いかにもな調子で言って、にやにやと顎《あご》を撫《な》でた。

「だったら、梓ちゃんとのデートくらい、広い心で受け流せるだろう？　そのわりにはずいぶん不満そうな顔だけどな？」

遙は人差し指で柾鷹の頬《ほお》をつっつっついてやる。

それに柾鷹が口をとがらせ、恨みがましい目で眺めてきた。

「今日は七夕《たなばた》だろー。夫婦が年に一度、ラブラブな夜を過ごす日だろーが。なんであずにゃんと会ってんだよ」

そんな理屈に、ああ…、と妙に納得しながらも、ちょっと笑ってしまう。単なるこじつけだろうが、意外とロマンチックで、めずらしく筋が通っている。

「別におまえとは年に一度しか会えないわけじゃないだろう。ほぼ毎日、顔を合わせてるじゃないか。……多分、週一か…、月一くらいがちょうどいい気もするけどな」

「え――っ!? あり得ねぇだろっ」

まんざら冗談でもなく口にした遙に、柾鷹が抗議の声を張り上げた。

と同時に、タックルするみたいに遙の腰に抱きつき、そのままソファへ押し倒す。

「おい…」

遙は暑苦しくのしかかってくる男を押しのけようとしたが、重い身体はびくともしない。

男の舌がなめるように首筋を這《は》い、顎をすべり、唇を塞いでくる。熱い舌が口の中へ入りこんで、強引に遙の舌を搦《から》めとった。

「ん…、ふ…っ」

きつく吸い上げられ、味わわれて、ゾクゾクと身体の奥が熱を持ち始める。

遙は抵抗をやめ、身体の力を抜いた。手を伸ばして、男のうなじのあたりの髪をつかむ。なかば、押しつけるみたいに。

「どうした…？　今日はずいぶん素直じゃねぇか…？」

いったん顔を上げた柾鷹が、密《ひそ》やかに笑う。

いかにも意味ありげな眼差しをじろりと見返し、遙は強《し》いて平然と答えた。

「年に一度の七夕だからな…。もっともおまえなら、天の川《あまのがわ》が大洪水でも無理やり渡ってきそうだが」

それに柾鷹がにやりと笑った。

「あたりまえだろ。上納金《じょうのうきん》ぶっこんでも橋、渡してやるよ」

「そっちか」

思わず、ぷっと遙は吹き出してしまった。

まったくナマケモノだ。

「少しは自分の体力を使えよ。誠意を見せてみろ」

「俺の体力と誠意は、ベッドの中で証明することにしてるのさ」

澄ました顔で言いながら、柾鷹が無遠慮な手を下肢へと伸ばし、内腿《うちもも》から中心へと触れてきた。

ズボンの上から、軽くこするようにして指で刺激してくる。

「あっ…、ん……」

ビクッと身体が跳ね、知らず上ずった声がこぼれた。反射的に唇を噛む。

そんな反応に、男が吐息で笑った。

「イイ顔だ…」

つぶやくように言いながら、さらにじらすみたいに形に添って撫で上げる。

「あぁ…、こっちもだな…。もうプリプリにとんがってんじゃねぇか」

脇腹をすべった男の指が、シャツの上から遙の乳首を摘《つま》み上げた。

「あぁ……っ」

鋭く身体の芯《しん》を走った痺《しび》れに、どうしようもなく遙は背筋をのけぞらせる。

「こんなイヤラシイ身体じゃ、週一なんかじゃ、絶対もの足りないねぇだろうが…？　ん？」

意地悪く耳元でささやかれ、ムッとしつつも、遙は押し殺した声を絞り出した。

「ベッドの中で…、誠意を見せるんじゃないのか……？」

言外に、ベッドへ運べ、ということだ。

誘っているのと同じだった。

「うん？」

わずかに目を見開いた柾鷹が、次の瞬間、笑み崩れた。

「たっぷりとな」

◇　　◇

ふいに小野寺から遙の携帯に電話があり、几帳面《きちょうめん》に面会を求めてきたのは、それから三週間近くがたった頃だった。

そろそろかな…、と思っていたところでもあったので、遙としてはさしてあせることはない。千住の本家まで来てもらうとまたちょっと面倒なので（沢井の若頭が遙に何の用なんだ？　と千住の中で余計な憶測を呼んでしまう）、場所は小野寺に任せ、外で会うことにした。

「どうも…、朝木さん。わざわざご足労いただきまして、申し訳ありません」

待ち合わせたホテルのラウンジカフェで、先に来ていた小野寺が遙の姿を素早く見つけ、きっちりと立ち上がって挨拶《あいさつ》してきた。

小野寺の子分らしいスーツ姿の若いのが二人ほど、近くの席に陣取ってこちらをうかがうような眼差しを向けているのもわかったが、遙は気づかないふりでスルーした。

「いえ、大丈夫ですよ。俺もちょうど買い物があったので」

さらりと返して、失礼します、と遙は小野寺の向かいに腰を下ろす。タイミングよく水のグラスを置いたウェイトレスにコーヒーを注文した。

「でも小野寺さんからお電話をいただいて、ちょっと驚きました。梓ちゃんとは時々、お茶してますけどね」

さりげない様子で、にこやかに言葉を続ける。

「ああ…、朝木さんにはいつもお嬢さんの我が儘におつきあいいただいて、申し訳ありません」

すわり直した小野寺が、恐縮したように頭を下げる。

「いや、俺としてはうれしいですよ。あんな若くてきれいなお嬢さんとデートできるんですから」

「朝木さんにはいろいろと相談に乗っていただいているようで、感謝しています。梓…、お嬢さんもなかなか……その、忌憚《きたん》なくいろんな話をできる相手も少ないようですから」

それこそ兄妹のように、梓がほんの小さい頃から気安い関係なのだろう、小野寺も二人の時には「梓」と呼び捨てにしているようだが、やはり対外的には「お嬢さん」と立場を守った呼び方らしい。

「俺も同じですよ。むしろ俺の方が…、ええと、今はヤクザじゃない人間と話せる機会が少ないので、梓ちゃんと話すとホッとするんです。……ああ、すみません」

小野寺もそのヤクザなわけで、さすがに失言だった。

「いえ、そうでしょうね」

しかし気を悪くした様子もなく、小野寺がうなずいた。

そこへちょうどコーヒーが運ばれてくる。小野寺もコーヒーだったらしく、二人分だ。

遙は目の前に置かれたコーヒーに一口つけてから、おもむろに口を開いた。

「それで……、今日は何か？　梓ちゃんのことですか？」

察しはついていたが、素知らぬふりで尋ねた。

もちろん梓のこと以外に、小野寺が遙個人を呼び出す理由などない。といっても、遙と梓との仲を疑っているはずはなかった。

小野寺も、遙が千住組組長の「愛人」だということは認識している。だからこそ、梓が遙と出歩くことも認めているのだ。

むしろ、どこの馬の骨ともわからない、他の大学の友人連中と遊び歩かれるよりはずっと安心、安全なのだろう。

だがつい最近、小野寺にしてみれば、その「どこの馬の骨ともわからない」男がいきなり梓の遊び相手として現れたのだ。

梓の狙い通り、小野寺が嫉妬するかどうかはわからないが、とりあえず警戒するのは当然だった。

「ええ。実はお嬢さんに最近、……その、新しい友人ができたようでして」

「大学のですか？　新しいボーイフレンドというわけですか。まあ、モテるでしょうからね、梓ちゃん」

いくぶん口ごもるように言った小野寺に、遙は冗談めかしてとぼけてみせる。

「いえ、それが……ずいぶんと年上の男でしてね。その男について、朝木さんは何かご存じないかと思いまして。北原伊万里《きたはらいまり》という男なんですが」

真剣な眼差しがまっすぐ遙に突き刺さり、さすがに遙もたじろいだ。

予想通りとはいえ、やはり梓のことになるとただならぬ迫力がある。

うかつなことは言えない——が、ここは踏ん張りどころだった。

嘘をつく必要はない。だますわけでもないのだ。

ああ……、と遙は微笑んだ。

「伊万里さん、知ってますよ。……あれ？　小野寺さんは面識がなかったですか？」

「いえ、残念ながら」

首をかしげた遙に、硬い調子で小野寺が答える。

「梓ちゃんとは先日のクルーズ旅行の時に知り合ったんだと思いますよ。伊万里さん、あの客船でパーティーやショーの企画なんかをしていましたから。仮装パーティーの時の衣装も、伊万里さんが用意していたんじゃないかな」

「そうなんですか…」

小野寺がわずかに目を見開き、何か考えるように小さく顎を撫でた。

「へえ…、船を降りてからも会ってたんですね。伊万里さんは俺と同い年のはずだから、梓ちゃんはやっぱり、年上の男がタイプなのかな」

ハハハ…、と軽く笑って遙は口にする。

「どんな男ですか？」

しかしさすがに、にこりともせずに小野寺が尋ねる。

「そうですね…、おもしろい人ですよ。個性的な人ですよね。実業家で、いくつか会社を持っているんじゃないかな？　画廊とか、飲食店とか、会員制のクラブとか。手広いですよね。ご本人は趣味と実益を兼ねて、ショービジネスに力を入れているみたいですけど。名家の出で、芸術方面に造詣《ぞうけい》が深いとも聞いています」

遙は聞いていたことを伝えたが、小野寺も名前を聞いた時点で、ある程度の素性は調べているはずだ。

小さくうなずいた。

「朝木さんは親しいんでしょうか？　その北原さんとは」

「俺はそれほど。でも、狩屋の友人ですよ。大学時代の同級生って言ってたかな」

「狩屋さんの…？」

ハッと意外そうに、小野寺がつぶやいた。

そんな小野寺を、遙はさりげなく観察する。

あのあと、いろいろと相談しているうちに梓が思い出したのが伊万里だった。

梓とは面識もあり、その出会いもいかにも自然だ。クルーズ船の上などと、ロマンスに発展しそうな雰囲気も十分にある。

なにより狩屋の知人であり、梓の素性にもたじろぐことはない。そして性格的にも、梓の計画を楽しんでくれる洒落《しゃれ》っ気があった。

実際、船上で伊万里と梓は意気投合していたようだし、話を持ちこんだ時もずいぶんと乗り気だったのだ。

おそらく、年齢的にも小野寺と近いというあたりはいいポイントだ。小野寺をあせらせる要因になり得る。

「そうですか…、千住の若頭の」

いくぶん考えこむように、口の中で繰り返した小野寺に、遙はことさら軽い調子で言った。

「心配しなくても、梓ちゃんもおもしろがっているだけですよ。今まで、まわりにはいなかったタイプの男だし」

「そうでしょうか…？」

小野寺が難しく眉を寄せる。

そんな様子を見ながら、遙はさらりと続けた。

「まあでも、つきあう相手としては悪くないんじゃないですか？」

「え？」

その言葉に、小野寺が鋭い反応を見せた。

「伊万里さんはヤクザでもないし、金持ちの実業家で、家柄もいい。狩屋の友人なら信頼できるでしょうし…、結婚相手としても問題はないと思いますけど」

さりげなく「結婚」の言葉を出し、小野寺の意識を向けてみる。

「名家の方でしたら、相手のご家族がヤクザの娘を了承するでしょうか?」

硬い口調で、小野寺がそんな疑問を口にする。

「本人は気にしないと思いますね。一族の中でも、伊万里さんは変わり者だそうですから。家にとらわれているわけでもないようですし」

「年もずいぶんと違う。その男も、若い女が好きなだけでは?」

小野寺は感情を抑えつつも、結構、辛辣《しんらつ》な言葉になっている。

遙はちらっと微笑んで言った。

「小野寺さんへの当てつけだと思っていますか?」

「いえ、そんなことは…」

ハッと、いくぶんあせったように小野寺が視線をそらせた。

実際のところ、小野寺にも半分くらいは読めているはずだった。梓の考えそうなことなのだ。

ただ――。

「梓ちゃんも小野寺さんのことは思い切って、別の人を見つけようとしているんじゃないかな」

静かに言った遙に、小野寺がわずかに息を呑《の》んだ。しばらく口をつぐんでから、ようやく言葉を押し出す。

「梓は…、お嬢さんはカタギの男と一緒になるのが一番ですからね。オヤジさんもそう望んでいる」

「だったら、伊万里さんはいい相手かもしれませんね」

さりげなく追いこむように、遙は言葉を続けた。

「だが狩屋の友人ということは、その男もかなり危ない仕事をしてるんじゃないですか？」

小野寺が反論した。

この必死さが、梓の期待通りに、他の男にとられたくない、という感情なのか、あるいは、妹の将来を心配する兄としてのものなのか。

「といってもヤクザじゃない。梓ちゃんは嫁に行っても沢井と縁を切るわけじゃないんですから、まったくクリーンな一般人というのも馴染《なじ》みにくいでしょう。狩屋とつきあいのある伊万里さんくらいがちょうどいいんじゃないかな」

遙の指摘に、さすがに小野寺が黙りこんだ。

「クルーズ中から知り合っていたのなら、もう……ひと月くらいですか？　確かに最初は当てつけのつもりだったかもしれませんけど、それでも一緒にいる時間が増えると、相手のことをよく知るようになるでしょう？」

小野寺の表情を追いながら、遙はゆっくりと続ける。

「伊万里さんは…、なんというか、おもしろい男ですよ。ミステリアスで型破り。なかなかいないタイプです」

ヤクザの向こうを張って、こんな茶番につきあう剛胆《ごうたん》さもあるわけだ。

「ある意味、小野寺さんとは正反対ですね。だからこそ、そういう相手に惹《ひ》かれても不思議じゃない」

小野寺がいくぶん落ち着かないように、テーブルの上で指を組む。

「それに、梓ちゃんは当てつけでも、嫌いな相手に時間を潰すような人じゃないでしょう」

「本気だと、思いますか？」

ふっと視線を上げ、じわりと押し出すように小野寺が尋ねた。

遙はふわりと微笑む。

「さあ…、今はどうだか。単に一緒にいるのが楽しいだけかもしれない」

梓は、伊万里には初めから計画を打ち明け、協力を求めていた。そして実際に、ここ二週間は頻繁にデートしているようだ。

もちろん、小野寺に見せるためでもあるのだが、今まで知らなかった新しい世界を次々と見せてくれる伊万里との時間を、純粋に楽しんでいるらしい。

今までとはジャンルの違った人々とのパーティーだとか、若い芸術家たちのワークショップの見学だとか。今度は、伊万里の経営する会員制のクラブにも招いてもらう、と楽しそうに話していた。

とすれば、実際、気持ちが移ってもおかしくはない。

「まあ、先々どうなるかはわかりませんけど、しばらく様子を見てもいいんじゃないですか？」

遙の言葉に小野寺は答えなかったが、冷めたコーヒーに手を伸ばしてから淡々と言った。

「また、朝木さんにはご助力をお願いすることもあるかと思いますが、よろしくお願いします」

立ち上がってきっちりと頭を下げ、レシートを取って立ち去った。

知らず緊張していた遙は、ハァ…、と長い息をつき、背もたれに深く身体を預ける。

お泊まりのアリバイを頼まれる親友ポジションかな…、と苦笑した。

◇　◇

この日の神代会の例会は特に目立った動きもなく、通常の報告と連絡事項で終わっていた。

あとは例によって、水面下でおたがいに探りを入れたり、ちょっとした駆け引きがあったり、というところだ。

「今日はあのエロい姐《あね》さんは来てねぇのかい？」

などと、挑発的な声をかけられるのは想定内で、

「ハハ…、あいつを他の男の目にさらすのはちっと惜しいんでね」

と、柾鷹は軽くかわしていた。

「相変わらずの人気だねぇ…、おまえんとこの顧問は」

そんな攻防をいかにも他人事《ひとごと》に、楽しげに眺めながら、気安い間柄である名久井《なくい》組の組長がイヒヒ…、と低く笑う。

トレーダーでもある遙のことを、千住の稼ぎ頭として認識している連中は多く、しばらく争奪戦が陰で繰り広げられていたのだが、その流れで、一度遙はこの組長連中が居並ぶ例会へほとんど殴りこみみたいに乱入したことがあったのだ。

正直、あの時は柾鷹もあっけにとられた。驚いたし、あせったし、怒ってもいた。

だがまあ、おかげで遙へ手を出そうとする動きは、とりあえずは収まったのだが。

しかしあの時のことは、他の組長たちにも相当なインパクトを与えたらしい。

柾鷹としては正直、おもしろくないが、仕方がない。

それより今日は、会合の中身に関係なく会いたい男がいたのだ。

散会して、いかにも悪党面《づら》の組長たちがぞろぞろと会場になっていた会長代行《だいこう》の本家から出ていく。

代行の鎌倉《かまくら》の別荘が使われることもあるが、通常の例会であればもっと近場の本家で行うことが多かった。

いわゆる、神代会の本部になる。

こちらも趣《おもむき》のある和風の邸宅で、かなりの敷地面積だった。

どっしりと風格のある立派な門を入ったところから、母屋の玄関口までは石畳のだだっ広い空間が広がり、今日はそれぞれの親分たちの車が整然と並んでいた。

そろいもそろってダークスーツの運転手やボディガードの若いのが、いくぶん手持ちぶさたに車のあたりでオヤジたちを待っており、あちこちにそろいのジャージ姿でぴしっと立っているのは、本家の部屋住みだろう。

近いうち飲もうぜ、と名久井と別れ、柾鷹は素早くあたりを見まわして、ばか広い玄関を出たところで、端の方に静かに立っていた男に目をとめた。

「先、車へもどってろ」

同行していた前嶋《まえじま》に顎で指示してから、その男へゆっくりと近づく。

「よう…、小野寺。ちょっと顔貸してもらえるか？」

こちらの気配に気づいて、ハッと顔を上げたところで視線をとらえ、何気ない口調で柾鷹は声をかける。

沢井組の若頭、小野寺である。

「これは…、千住の組長」

小野寺がきっちりと向き直って、頭を下げた。

沢井はどうやら他の組長と世間話をしているらしく、少し離れたところからバカ笑いが聞こえていた。小野寺はそれが終わるのを待っていたのだろう。

「今日は狩屋さんがご一緒ではないのですね」

車の方へ向かった前嶋の背中をちらっと眺め、小野寺が当たり障《さわ》りなく口にする。

「あぁ…、狩屋はちょっとヤボ用で出てるんでな」

「組長の名代《みょうだい》ですか？　行き先が気になりますね」

何気ない穏やかな口調だが、さすがに鋭いところをついてくる。

千住がどこと提携しているのか、あるいはもめ事があるのか。そんな探りだ。

「それはそうと、な…」

柾鷹はそれには答えず、本題へ入った。

「おまえ、最近、外で遙と会ってたんだってなぁ？」

小野寺の顔をのぞきこむようにして、ことさら楽しげな笑顔で尋ねた。

もちろん、言外に「何の用件だ？」と聞きたいのは察することができるはずだ。

ああ…、と小野寺が目をしばたたく。そして軽く頭を下げた。

「千住の組長の頭越しに顧問《こもん》をお借りしまして、申し訳ありませんでした。……いえ、このところうちのお嬢さんが朝木さんにずいぶんとお世話になっているようですので、その礼をお伝えしたかっただけでして」

よどみのない口調だ。しかし、それが本当かどうかは怪しい。

さすがに沢井の若頭を務める男で、簡単には腹を読ませない。

「朝木さんが…、組長に何かおっしゃられましたか？　私が何か失礼をいたしましたでしょうか？」

逆に、探られているようでもある。

「……いや。たまたま会ったと言ってたけどな」

柾鷹は軽く肩をすくめる。

おととい、遙が小野寺とホテルのカフェで一緒にいるところを見かけた――という話が、千住の傘下の組長からちらっと耳に入ったのだ。

梓とよくお茶しているというのは知っていたし、梓に付き添っていた小野寺がたまたま一緒にいたのかとも思ったのだが、どうやらそうではないらしい。

二人で妙に深刻な顔をしていた、というのはいささか気にかかった。

が、遙に直球で尋ねてみると、

『あぁ…、何ってことはないんだけど、……たまたま？　会っただけだよ』

妙に落ち着かない様子でそんなふうに返され、よけい引っかかってしまった。

遙は嘘が得意な方ではない。信念を持って嘘をつく時はともかく、何かやましい気持ちがあると、それは顔に出る。

とりあえず、小野寺の方に聞いてみるか、と思ったのだが、二人が口裏を合わせているとすると、さすがにちょっと考えてしまった。

狩屋あたりに聞いてもらえれば、同じ若頭同士、というのか、もっと気安い調子で腹を割った話ができるのかもしれなかったが、あいにく狩屋は数日の出張で本家を空けている。

いや、別に疑っているわけではないのだ。

ホテルで会っていたからといって、遙が小野寺とどうこうなどということはあり得ない。……はずだ。

「おまえ…、妙なこと企んでるんじゃないだろうな?」

低く、ねめつけるように、柾鷹は脅してみる。

「私が朝木さんにですか? まさか。とんでもありませんよ」

少しあわてたように、小野寺が否定する。

「いつもお嬢さんの相談に乗っていただいているようで、感謝しているくらいです」

「あずにゃんな…」

柾鷹は思わず渋い顔で顎を撫でた。

「あいつもちょっと、遙を引っ張りまわしすぎだろ……」

むっつりとうなる。

「申し訳ありません。お嬢さんは朝木さんのことをとても信頼しておいでのようですから。ご迷惑にならないよう、よく伝えておきます」

「いや、まぁ、遙が好きでつきあってんだろうからな…」

ヘタに止めると、こっちが怒られる。

「ま、妙なことに遙を巻きこむなよ」

とりあえず、それだけ釘《くぎ》を刺した。

しかしどうやら、偶然会った、というのはちょっと嘘っぽい。

——コソコソと、いったい何をやってんだ……？

のろのろと車へもどりながら、柾鷹は無意識に眉を寄せた。

というか、この間から遙が妙に優しいのも、ちょっと気になっていた。

あの七夕の日とか、あんなに簡単にやらせてくれるとは。

もちろん、うれしかった。遙もいつになく可愛かったし。

ムードの運び方も、なかなかよかったのかもしれない。

しかし……、世の男は浮気みたいに何か隠し事があると、突然優しくなるとか言ってなかったか？

ふと、そんなことを思い出す。

いやいやいやいやっ。

というか、むしろ梓が何か企んでいる可能性はあった。

梓が嚙んでいるのなら、小野寺もそう簡単に口は割らないだろう。

もしかすると、この間のクルーズ旅行に味をしめて、遙を海外旅行に連れ出そうとしているとか？

それはいかにもありそうだった。

そして遙も、たまには自分の目を逃れて羽を伸ばしたい、とか？

まさか、遙がそんなことを考えているはずがない。

——とは、ちょっと断言できる気がしなかった……。

◇　◇

「小野寺が伊万里さんに会わせろって言ってるのよね」

この同じ日、遙は都内のレストランで梓と待ち合わせ、一緒にランチをとっていた。

伊万里に教えてもらったという、ちょっと高めのイタリアンだ。ランチでもコースのみで、いつも梓にくっついて遠くから見ているボディガードも、さすがに中へは入れない。強面《こわもて》の男二人組など、あまりにも浮きまくるだろう。

冷製のエンドウ豆スープを片付けてから、梓がちょっとおもしろそうに言った。

「そのうち、あっちゃんの方にも頼みに行くかも」

「ああ…、まあ、いずれはそういう流れになるだろうね」

予想はしていた。小野寺にしても、直《じか》に会って話しておきたいのだろう。どういう男か、自分の目で確かめたいはずだ。

「私は抜きで、サシで、とか言ってるんだけど、あっちゃんには同席してもらわないとね」

「まあ…、そうだね」

あまり居合わせたい現場とは思えないが、さすが伊万里一人を小野寺の前に差し出すわけにもいかない。

「伊万里さんはいいって？」

「いつでも、だそうよ。なんか、楽しみにしてる」

カプレーゼを口に入れながら、梓がくすくすと笑った。

「剛胆だな…」

ちょっと目を見張り、遙は感心した。

さすがに狩屋の友人だけあって、ヤクザ相手でもたじろぐことはないらしい。心強いばかりである。

「小野寺さん、今日は？」

「今日、例会でしょ。確か」

ああ、と遙もうなずいた。

そういえば、柾鷹も昼前にかっちりとしたスーツで出かけていた。お供《とも》数人と、ごつい黒の車で。

「近々、小野寺から連絡が行くと思うから、セッティングしてくれる？」

「伊万里さんに連絡をとっておくよ。……それでどう？　伊万里さんとのデートは」

さりげなく、遙は尋ねてみる。

「すっごいおもしろい人よねーっ、伊万里さん」

それに弾んだ声で梓が答えた。

「おしゃれだし、ダンディだし。趣味も広いしね。高尚な芸術からコスプレまで、話してても飽きないの。この間言ってた伊万里さんのやってる会員制のクラブに来週連れて行ってくれるって。楽しみっ」

「へぇ…、よかったね」

素直に感心してしまう。ひとまわりも年の差があって、そこまで話が合うのはすごい。

「洋服やバッグとか、買い物にもつきあってもらえるし。センス、いいのよね。試着でもズバッとダメ出しするし、見立ててもらえるし。なんか、小野寺と同年代とは思えないわー」

少しばかり皮肉な口調で梓が付け足す。

「いや、それは伊万里さんの方が特殊なんだと思うよ」

ハハハ…、と遙は愛想笑いとともに、少しばかりフォローした。

確かに、小野寺とかは買い物の荷物持ちにはなっても、アドバイザーにはなれないだろう。それは遙だって同じだ。

しかし、伊万里と梓が腕を組んで街を歩いているところを想像すると、セレブなカップルに見えるのか、若い子を連れ歩いている金持ちの遊び人に見えるのか、微妙なところだ。

「それで…、小野寺さんはどんな感じ？」

そちらが本当の狙いなのだ。

「わからない」

無意識に顔をしかめ、梓が短く言った。

「まあ、顔に出る人じゃないしね」

「会わせろとは言ってるし、気にしてはいるんだろうけど。多分、パパの耳に入る前に、いろいろ確認しておきたいっていうのもあるみたい」

ああ…、と遙も納得する。

そうでなくとも、父親なら娘の彼氏は気になるだろう。うかつにヤクザの親分がそれを知って、刃傷沙汰にでもなれば取り返しがつかない。

要するに、小野寺自身の気持ちはやはり言動には出ていないわけだ。

ヤクザの若頭としては必要な資質だろうが、……めんどくさい。

「あー、もうっ、今度お泊まりデートしようかなっ。朝帰りとかね」

出てきたメインのフィレ肉にフォークを突き刺し、いくぶんやけ気味に梓がうなった。

「いや、それはちょっと……どうだろう？」

あわてて遙は止めた。

どうにかすると、伊万里の命にも関わる。

うかつに梓に協力してしまったが、さすがに冷や汗ものだ。

やはり環境が環境だけあって一筋縄ではいかず、友達の恋をちょっと後押しするような微笑ましい展開にはならないらしい。

「ともかく、小野寺さんに伊万里さんを紹介してみるよ。伊万里さんなら俺よりうまく話を持っていってくれそうな気もするしね」

その言葉に、ふっと一瞬、梓が遙の顔を見つめ、うん、と小さくうなずいた。

おそらくそれで、小野寺の気持ちははっきりする。

平気そうな顔だったが、やはり梓も内心では不安なのかもしれなかった。

正直なところ、伊万里でなければ直接小野寺に会わせることなど、とてもできなかっただろう。

もっとも小野寺なら、いきなり相手の胸倉をつかみ、「うちのお嬢さんに手を出すんじゃねぇっ」と脅すようなこともなさそうだ。

柾鷹なら、もしかするとやりかねないが。

ふと想像して、ちょっと胸の奥がムズムズする。

一人息子の知紘《ちひろ》のことは、警護役の生野《いくの》に丸投げしている感じだが、……まあ、遙については、だ。

少し前の例会でも、大勢の組長たちを向こうにまわして、それでやり合っていた。

やっぱり好きな男のそんな姿が見られるのはうれしいし、梓にしても期待してしまうのだろう。

梓はもともと伊万里とは連絡先を交換していたようだが、遙は客船にいた時はそこまでよく知り合っておらず、「そういえば、伊万里さんはどうかな？」と思いついた梓から名前が挙がった時、あらためて狩屋に話を通してもらっていた。

とはいえ、電話で梓の計画を確認し、遙なりの二人についての所見を伝えただけだったが。

梓とランチをした翌日には、案の定、小野寺から連絡があり、

「お手間を取らせてまことに申し訳ありませんが、できれば北原さんとお会いできるように手配いただけますでしょうか？」

という丁重な依頼があった。

遙も了承し、伊万里と連絡を取って、先日、小野寺と会ったホテルのカフェで会うことにした。

危ない話になると困るので、個室形式の店がいいかな、とはじめは思っていたのだが、抑止力を効かせるためにもオープンな場所の方が安全か、と思い直したのだ。

小野寺に伝えた約束の時間よりも三十分ほど早く、遙は伊万里と落ち合った。

船を降りてから直接会うのは初めてで、あらためての挨拶と、事前に細かいすりあわせをしておく。

伊万里は、カフェへ入ってきた瞬間、空気を変えるような、良くも悪くも目立つ男だった。

毎日がお祭り騒ぎのような客船の中ではそれほどとは思わなかったが、こんな場所だとさらに、だ。船上では裏方、という意識もあったのだろう。

すらりとした痩せ型で、きれいに髪を撫でつけ、鼻の下には短いヒゲ。スーツは優雅なブルーのピンストライプで、首回りはアスコットタイと、あえてなのかもしれないが、スノッブな雰囲気だ。

シルクハットにステッキを持っていても違和感がない気がする。英国紳士、とも言えるが、一つ間違えるとマジシャンにも見えるきわどいライン。

だが、そのあざとさがしっくりとくる、不思議な雰囲気だった。

狩屋の友人というのが、ちょっと想像できない。

大学の同窓だということだが、一度じっくりと二人の学生時代の話を聞いてみたいものだ。

だが今日は、その話ではない。

「梓ちゃんは本当に可愛い子ですからね。私としては連れ歩くのは楽しいですし、ちょっと本気になりそうですよ」

とか、それこそ本気か冗談かわからない口調で言われ、遙も妙にドキドキしてしまう。

伊万里も自分の役割は十分に理解しているはずだが、うっかりするとさらに掻《か》きまわされそうだ。

いや、実際のところ、狩屋からは事前に忠告されていた。

「あの男は恐いもの知らずで、注目を集めるのは好きですから、そういうお芝居にはうってつけですが、おもしろがって勝手に自分のストーリーを作り上げる危険もありますからね。人を驚かせて楽しむ悪趣味なところもある。気をつけてください」

――と。

それだけに、大丈夫ですよ、とえらく余裕のある表情で言われると、かえって不安になるくらいだ。

まもなく小野寺が姿を見せた。

やはり二、三人、若い連中を連れていたようだが、カフェへ入る前に顎で散らせる。

そしてまっすぐに、奥の席に陣取っていた遙たちの方へ近づいてきた。

「お待たせしてすみません」

「いえ、まだ時間前ですよ。こちらが早かったんです」

低い声で淡々と言った小野寺に、遙は緊張しつつ言葉を返す。

「こちらが北原伊万里さんです。……こちらが小野寺さん」

遙が短く紹介すると、小野寺が初対面の印象を確認するみたいに、鋭く伊万里を一瞥《いちべつ》した。

思わずたじろぎそうな視線の強さだったが、伊万里は微笑んだまま、まっすぐにそれを見返している。

「わざわざご足労をおかけして、申し訳ありませんでした」

小野寺が伊万里に向かって、きっちりと頭を下げた。

「いえ、私も小野寺さんにお会いしたいと思っていましたので」

伊万里もさらりと返して、ビジネスシーンのような名刺交換が遙の目の前で執《と》り行われる。

小野寺のは、いつぞや遙ももらった不動産屋の名刺だろうか。さすがに代紋《だいもん》は入っていないだろう。

伊万里のは、遙もさっきもらったが、原色が組み合わさったアーティスティックな色合いのものだ。肩書きは、アートディレクター。

……結構、胡散《うさん》臭い。

むしろ小野寺の方が、カタギのエリートビジネスマンに見える。

水を持ってきたウェイターに、無造作にコーヒーを頼んでから、いっせいにソファーへ腰を下ろした。コーナーの半円形になだらかな曲線を描くソファで、楕円のテーブルを囲む席だ。

行きがかり上、遙が二人の間に挟まれることになる。

「梓から小野寺さんのことはよくお聞きしていたんですよ。なるほど、言っていた通りの方ですね」

余裕のある笑みで、伊万里がいきなり先制パンチを放った。

梓、と呼び捨てにしたのはわざとだろう。

瞬間、間違いなく、空気が凍った。ビクッと一瞬、遙も身をそらせてしまったくらいだ。

「そうですか…、お嬢さんが。どんな噂をされているのか恐いですね。きっと小言が多くてうっとうしいとかでしょう」

しかし淡々と小野寺もそれに応える。

……恐い。

ピリピリと震える空気に、遙は早くも帰りたくなっていた。

いや、自分も居並ぶヤクザの組長さんたちの前へ乗りこんだことはある。が、あの時は夢中だったので、恐怖という感覚はなかった。あとになって思い返すと、あんなことをよくやったな…、と自分にあきれるくらいだったが。

しかし今、目の前にある光景は、まったく別種の恐さがある。

「ハハハ…、そんなことありませんよ。とても頼りにしているようです。長いつきあいなんでしょう?」

「ええ、ほとんど生まれた頃からですね。北原さんとはまだひと月ほど…、でしょうか?」

穏やかな小野寺の口調ながら、その程度で何がわかる、と言いたげにも聞こえる。

「この間のクルーズ旅行で知り合いましてね。そういえば、小野寺さんも乗っていらしたとか? 残念ながら、お会いできなかったようですが」

「ええ…」

ちょっと痛いところを突かれたのか、小野寺がわずかに息を吸いこんだ。

自分が梓から逃げまわっている間に知り合ったのだと思うと、さすがに文句をつけにくいのだろう。

「遊び相手がいなくて退屈していたようでしてね。それで私がお誘いしたんですよ。あの仮装も可愛かったでしょう?」

例の、ミニ丈、ニーソックスの巫女コス姿だ。

機嫌よく言った伊万里に、小野寺が押し黙った。

むっつりと空気が重く、おまえが着せやがったのか…、と、ドスのきいた心の声が聞こえる気がする。

あわてて遙は口を挟んだ。

「まあ…、あの時は仮装パーティーでしたからね。梓ちゃんもハメを外して楽しんだところもあったんだと思いますよ」

「そういえば朝木さんも、かなりハメを外した仮装…、仮装って言っていいのかな？　あれ。してましたからねぇ…」

ちらっと伊万里に意地の悪い視線を投げられ、遙は思わず咳《せ》きこんだ。

……そうだった。

が、正直、思い出したくない。

ちょうど小野寺のコーヒーが運ばれてきたが、そちらにはまったく注意を向けることなく、ウエイターが不穏な空気を感じたのか、逃げるように去っていく。

「それで…、北原さんはうちのお嬢さんとおつきあいされている、ということで間違いないのでしょうか？」

さらに感情のない声で、一言一言しっかりと小野寺が確認した。

「ええ、正式な交際をしているつもりですよ」

さらりと答えて、伊万里が自分のコーヒーに手を伸ばした。口をつけて味わうように一度目を閉じてから、ゆったりと背もたれに身体を預け、足を組む。

「私もいい年の大人ですし、そろそろ真剣に将来を考えたいと思ってたんです。彼女は…、遊びで手を出せるような人じゃないでしょう？」

小さく微笑み、いくぶん挑戦的に言った伊万里に、小野寺がわずかに目を細めた。

「では、お嬢さんの素性はご存じの上で、ですか？　ヤクザの身内ができるのもかまわないと」

「ええ、もちろん。それだけの価値がある人です」

跳ね返すように伊万里が答えた。

「私としては問題ありませんよ。ヤクザの友人はいますからね。身内にとやかく言わせる気もないですし…、まあ、いつも好き勝手やってますから、私のことは親族一同、あきらめているみたいですしね」

伊万里が朗らかに笑う。

「では、梓を幸せにできると？」

短く、しかし刃物を突きつけるような鋭い言葉が小野寺の口からすべり出す。

人前だが、いつの間にか梓のことが呼び捨てになっていた。それだけ小野寺にしてもかまっていられない状況ということだ。

すごい迫力と緊迫感で、遙もうかつに口が挟めずにいた。

「ええ。梓といる時間は楽しい。おたがいのことを尊重できるし、梓と毎日笑って過ごせると思いますよ。彼女はまだ若いんですから、もっと自由になる権利がある。私ならこれからたくさん、いろんな世界を見せて、成長させてやることもできる」

気負いもなく、きっぱりと言った伊万里に、小野寺がテーブルにおいた拳をぐっと握りしめるのがわかった。

いろんな世界を見せて――、か…。

遙はそっと息をついた。

小野寺にはちょっときつい言葉かな、と想像する。

ヤクザの世界で生まれ育って、梓はそれを受け入れてきたのだろう。だが確かにそれは限られた、特殊な世界だ。

自分のように、途中から飛びこんだわけではない。

確かに伊万里と一緒なら、この先、見たこともない新しい世界を体験できる可能性は高い。自分の趣味や仕事や、本当にやりたいことを。

それは…、おそらく小野寺では提示できないことだ。

いや、しかし……梓の気持ちは小野寺にあるのだから、何もそこまで追いこまなくても、と遙はちらっと伊万里の横顔を眺めてしまった。

それとも、本気で梓を奪うつもりなのだろうか…？

確かに二人は気が合っているようだし、必要以上にデートもしているらしい。

そう思うと、ちょっと落ち着かなくなる。

どちらがいい、とは遙には言えない。

いずれにしても、最終的な決断は梓がするしかないのだ。

「いずれ、沢井の組長のところへもご挨拶にうかがうつもりでした。……ああ、なんでしたら、釣書《つりがき》をお持ちした方がいいでしょうか？」

「ええ、その際には」

なかば冗談のように言った伊万里に、小野寺が静かに返す。

「あなたのお眼鏡《めがね》にはかなったでしょうか？　小野寺さん」

小さく笑って、伊万里が尋ねる。

それに小野寺はまっすぐに顔を上げ、ぴしゃりと言う。

「正直…、私はあなたに好感は持てませんが、お嬢さんの気持ち次第ですから」

「なるほど。ではせめて、組長には気に入られたいですね。もっとも梓と結婚したとしても、私が婿《むこ》に入るわけじゃない。梓が沢井の家を出るわけですから、まあ、あまり気にする必要はないでしょうが」

あえて、なのか、かなり挑発的だ。

一気に緊迫の度を増した空気に、遙はハラハラする。

「……ああ、すみません。そろそろ私は行かないと。仕事を残してましてね」

ちらりと腕時計を見て、伊万里が口にした。そして席を立ちながら、小野寺に向かってにっこりと微笑む。

「お会いできてよかった」

「ええ…、私もです」

一緒に立ち上がりながら、こちらはにこりともせずに小野寺が言った。

言葉とは裏腹に、握手をする雰囲気ではないようだ。

遙もつられるように立ち上がる。

「では、また。……逃がした魚は大きいですよ、小野寺さん」

ちらっと笑うように付け足した伊万里に、小野寺がふっと息を吸いこんだ。

「梓は魚じゃない」

そして短く、きっぱりと返した。

「ええ、確かに」

薄く笑ってうなずき、伊万里が遙に向き直った。

「朝木さん、また今度ゆっくり。狩屋によろしく伝えてください」

「はい。ありがとうございました」

伊万里がカフェから出て行く背中を見送ると、ふぅ…、と長い息をついて小野寺がソファに腰を下ろす。

コーヒーが手をつけられないままに冷めていた。

「やっぱり、ちょっと変わった人ですね。相当な自信家みたいだし」

どちらに対するフォローになるのかわからないが、苦笑しつつ遙は口にする。

だが考えてみれば、この業界、自信家でない男の方が少ない。そうでなければ、とてもやっていけない世界だろう。

伊万里はもちろんヤクザではないが、渡り合うにはそのくらいの心臓の強さは必要なのだ。

「ええ…」

遙の言葉が耳に入っているのかどうなのか、テーブルで指を組んでじっとその手を見つめたま
ま、小野寺が小さくつぶやく。

小野寺のことなので、梓が遙に頼んで用意した偽の恋人——、くらいは考えが及んでいて、自分が出て行けばすぐにボロを出して逃げ出すだろう、という想定があったのかもしれない。

もし本当に梓が男とつきあい始めたとしても、一気に結婚まで考えているとは思わなかっただろう。

「まいったな…」

ため息とともに、小野寺が小さくつぶやいた。無意識のように伸びた手が、がしがしと頭を掻く。

いつものぴしりと折り目正しく、冷静な小野寺ではなく、どこか途方に暮れたような、どこにでもいる男の表情だ。

ちょっと、見たことのない姿だった。

「……で、誰と会ってたって？」

床《とこ》の間の前にどっしりと腰を下ろした柾鷹は、テーブルに片肘《かたひじ》ついて顎を乗せると、おもむろに尋ねた。

広いテーブルの向こうで畳の上に正座しているのは、部屋住みの若いのだ。

ユーサク、とかいう名前だったと思う。

往年のニヒルな俳優を思い出す名だが、まるで正反対のお調子者だ。まぁ、兄貴分に好かれる愛嬌はある。

だが今は石像のように固まったまま、顔をこわばらせていた。

そしてその後ろにはもう一人、ひょろっとした男が同じように正座して、大きな図体を丸めている。本家の部屋住みではないが、狩屋の子分だ。

いつもぼーっと緊張感のないツラだが、これでも空手の有段者らしく、狩屋のボディガード兼雑用というところだろうか。確か、深津《ふかつ》、とかいったと思う。

いかにも不機嫌な柾鷹の問いに、ユーサクがびくっと肩を震わせた。

「あの…、それが……」

「やっぱり遙のヤツ、誰かと待ち合わせて会ってたんだろ？　まさか、撒《ま》かれたわけじゃねぇだろうな？」

「いっ、いえっ！　それは…、大丈夫なんっすけどっ」

バッと顔を上げ、あわててユーサクが声を上げる。

「だったら、さっさと言え。相手は誰なんだ？」

「あ、あのー…、それが……」

じろり、とにらみつけて尋ねると、いかにも言いづらそうにユーサクが深津と顔を見合わせた。

それが余計に柾鷹をいらだたせる。

今日の午後、遙は家を空けていた。

別にそれはいい。普通に用事や買い物だってあるだろう。

が、ゆうべコソコソと誰かと電話で話していたのが妙に気にかかったのだ。柾鷹が来たのに気づいて、あわてて取り繕《つくろ》うようなやりとりのあと、すぐに電話を切ったのもおかしかった。

ふだん柾鷹は、遙の行動を監視するようなことはしていない。まあ、組関係で何かごたついていて、遙にとばっちりがいく可能性があれば、こっそりと警護をつけるくらいだ。

しかし今回は、いかにも怪しかった。

なので、遙が出かけようとした時、たまたま本家にいたこいつらに遙のあとをつけさせたのだ。

もちろん、浮気を疑っているわけではない。遙が他の男に目を向けるはずはないのだ。

なにしろ、ついこの間新婚旅行をしたばかりの、ラブラブ蜜月期間中である（そのはずだ）。が、もしかすると何かトラブルに巻きこまれていて、自分に迷惑をかけることを心配して言えずにいる、ということだって考えられるわけである。そういう可愛いヤツなのだ。

なので、先回りして、いろいろと手を打つ必要があるのだった。

――うん。うっかりバレても完璧な言い訳である。

本当は狩屋に頼めば、もっとちゃっちゃと確実な情報を持ってきてくれるはずだが、あいにく出張中だった。やっぱりいないと何かと不便だ。

いささか不安ではあったが、仕方なく、この二人に様子を探らせたのだが。

「言えっつってんだろっ！」

「さっ、沢井組の若頭の小野寺さんでしたっっ！」

業《ごう》を煮やして一喝すると、ユーサクが飛び上がる勢いで報告した。

「やっぱりな…」

ううむ、と柾鷹は顎を撫でる。

予想はしていた。このところ、なぜか二人で会っているようなのだ。

しかしいったい、それが何の話なのか……？

「あ、あのぅ…、それと、もう一人……」

柾鷹が考えこんでいると、ユーサクがおずおずと上目遣いで声を絞り出す。

「もう一人？」

それは予想外だ。

「誰だ？　……ああ、沢井の娘か？」

「い、いえ、それが…、そのぅ…」

さっき以上にユーサクが口ごもる。

「さっさと言わねぇかっ、このボケッ！」

イラッとして思わず両手の拳でドン！　とテーブルをぶったたく。

「はいっっ！　あの…、その、伊万里さん……、北原伊万里さんって人ですっ」

反射的にユーサクが両腕で顔をかばうようにしながら、声を張り上げた。

「あぁ？　どこのモンだ？」

柾鷹は眉間に皺を寄せてうなった。

聞き覚えのない名前だ。

「い、いえ…、組関係の人じゃ……。あっ、関係あると言えばあるんですけど……」

「はっきりしろっ！」

もごもご言うユーサクを怒鳴りつける。

「はぃぃっ！　……あの、若頭のお知り合いで……」

「あぁ？　小野寺の？」

「いえ、うちの若頭の、です」

「狩屋の？」

さすがに柾鷹は首をひねった。

「どういう知り合いだ？　商売相手か？」

「えっと…、仕事相手と言えばそうかも……です。その、大学時代の友達だとか言ってました」

「狩屋の友達？」

思わず鼻に皺を寄せる。

狩屋の友人と小野寺と遙？

……接点がわからない。

「その男は何の商売、してるんだ？」

うなりながら柾鷹は尋ねる。

「え…ええと…、それは……」

「わからねぇのか？」

「あ、いえ…、つまり……」

「はっきり言えっ！」

「ＳＭクラブですっっ！」

柾鷹が怒鳴ると同時に、ほとんど跳ね返るようにユーサクが叫ぶ。

「SMクラブぅ!?」

さすがに柾鷹も素《す》っ頓狂《とんきょう》な声を上げてしまった。カリカリとうなじのあたりの髪を掻く。

まあ確かに、風俗の一種と思えば、狩屋がシノギに使っていたとしても不思議ではない。

千住傘下の組のシノギについては、柾鷹も一応、目を通している。というか、狩屋が全部に目を通して、必要なことを柾鷹に伝えている。

なので、狩屋自身がどういうシノギを上げているのか、細かいところまでチェックしているわけではなかった。

だがSMクラブというのは、さすがに聞いたことがなかった。あえて言わなかった、という可能性もある。

だからもしかして、狩屋自身にその趣味があったとしても……、まぁ、ちょっとは驚くが、人の嗜好《しこう》は自由である。

狩屋の日常が多忙なのはわかっているし、そういう場所でストレス発散をしていたとしても理解できる。

それがボスとしての度量というものだ。

——いや、それはともかく、だ。

「あの…、すごい高級な会員制のクラブで……、伊万里さんはそこのオーナーなんっすよ……」

上目遣いに柾鷹の様子をうかがいながら、ユーサクが小さく付け足した。

ますますわからない。

「なんでそいつと小野寺と遙が密談なんかしてんだ?」

「ししししし知りません…っ」

うなった柾鷹に、泣きそうな顔でユーサクが返してくる。

もちろん柾鷹だって、ユーサクに見当がつくとは思っていない。

うーむ、と考えながら柾鷹は尋ねた。

「おまえら……、そのクラブの馴染みなのか?」

「え!? いやっ、ぜんぜんっ! まったく! 馴染んでませんっ」

泣きそうな顔で必死にユーサクが訴える。

ちろっと視線を上げて後ろの深津を眺めると、そっちも引きつった顔でぶんぶんと首を振った。

「にしては、よく知ってるみたいじゃねぇか。おまえ、そこの会員なのか? 生意気に」

ふん、と鼻を鳴らす。

「まさか! 無理っ! 絶対、無理っす!……あの、そこ、入会費? 一千万とかかかるみたいっすよ?」

「ほーぅ…」

やっぱりよく知ってるじゃねぇか、と思いつつ、柾鷹は小指で耳の穴をほじる。

しかし確かにそれは、かなり高級なクラブらしい。このご時世にたいしたものだ。

つまり、それだけの金を払える連中が集まっている、ということになる。

しかし、高級ＳＭクラブ……、遙が？

そんな興味があったんだろうか？

思わず想像してしまう。

遙が女王様……？

ボンテージと鞭《むち》とハイヒール。

それはそれでそそる…、いやその。

考えると、なぜか妙にソワソワしてしまった。

まったくそんなケはないのだが。

しかしヤクザの組長には、意外とＭなヤツは多い。ふだんは子分や舎弟連中に怒鳴り散らし、ことによれば殴る蹴《け》るの暴力沙汰に及んでいるわけだが、それは表だってはそうしないとなめられるからだ。様式美みたいなもんである。

その分、反動というのか、裏ではＭ奴隷になって女王様になぶられて悦《よろこ》んだり、赤ちゃんプレイで発散したり、ということもある。……らしい。

遙と女王様プレイ……ねぇ……。

興味はあるが、柾鷹としてはやっぱり、可愛がられるよりもめいっぱい可愛がってやりたい。

むしろナースとか警察官とか、禁断の関係で、ダメよ、ダメダメ…、と拒絶しながらも堕ちていく……というプレイの方が萌える――いや、そういう話ではなかった。

柾鷹は無意識に咳払《せきばら》いをする。

「あー…、それで、そいつらが話してる内容は聞けなかったのか?」

固唾《かたず》を呑んで柾鷹の様子を見つめていたユーサクに、とってつけたように尋ねる。

「それはぜんぜん…。すいません。あんまり近づけなかったし、その、ホテルの中のカフェだったから、中へ入ると見つかっちゃいそうだったんで」

「チッ…、使えねぇな」

文句をたれながらも、まあそうだろうな、とは思う。

「様子はどうだったんだ? 深刻そう、とか、和気あいあいだった、とか?」

「そ、そうっすね…」

ユーサクが真剣に思い出そうとするみたいに、じっと考えこんだ。

「ワキアイアイって感じじゃなかったです。でもケンカ腰ってわけでもなくて。……ええと、伊万里さんが何か説明してるみたいによくしゃべってて」

「あ、顧問に、っていうより、小野寺さんに対して何か言ってるみたいでした。ほとんど伊万里さんと小野寺さんが話してて、顧問はむしろ、二人の様子を眺めてる感じだったような」

思い出したみたいに、後ろから深津が口を挟む。

うんうんっ、とそれにユーサクもうなずいた。

「あの、小野寺さんはすごく真剣な顔してました」

勢いこんで付け足したが、まあ、小野寺はたいていいつもまじめな顔だ。へらへらしてるところなど見たことがない。

「なるほどな…」

つまり、遙は二人の仲介……ということだろうか？

その伊万里とかいう男が狩屋の知り合いなら、遙が狩屋に紹介してもらった、という可能性はある。

……ＳＭ業界の人間を？　遙が何のためにだ？

「あぁっ！　そうだっ！」

と、その時、いきなりユーサクが大声を張り上げる。

「――うおっっ!?」

無意識に頬杖をついていた柾鷹は、顎がずり落ちてテーブルにぶち当てそうになった。

「バカ野郎っ！　びっくりするじゃねぇかっ！」

不意打ちで本当にあせって、思わず心臓に手をやった。

あわあわしながら、ユーサクが「すみませんっ！」とぺこぺこ頭を下げる。

「……んで？　何が、そうだっ、なんだよ…？」

むっつりと尋ねる。

「そ、そうでしたっ。伊万里さんも船に乗ってたんですよっ。この間の客船。ええと…、船の中のパーティーとかのプロディースをしてたみたいでっ」

ちょっと興奮したみたいに顔を赤くして、ユーサクが一気にしゃべる。

そういえば、荷物持ちとか雑用係にこいつもクルーズに連れていってたんだったな、とようやく柾鷹も思い出す。

「そうなのか？」

しかし柾鷹にはまったく覚えがない。その男は裏方だったのだろう。

「仮装パーティーとかも手配してたみたいで、はる…、じゃない、顧問の衣装の着付けとかメイクとかも伊万里さんがしてたみたいで」

「ほう…」

柾鷹は低くうなった。

着付け、だと？　つまり脱がせて着せて、とかしたわけか？

思わず目が据わってしまう。

確かに、あの時の遙の仮装はすっごいよかったし、柾鷹にしても存分に堪能したわけだが……

他の男の手が入っていたことは考えなかった。

まさか、脱いだのか？　他の男の前で？

それについては、一度じっくりと話し合わねばなるまい。

ともあれ、だとすると、遙はその伊万里という男と知り合いだったわけだ。おそらく、派手な仮装をしていたあずにゃんも。

……そうだ、梓だ。

ハッと柾鷹は思いついた。

小野寺というより、梓で考えるべきなのだ。梓のために小野寺は動いているはずだから。

それなら遙が小野寺と会っている説明にもなる。

ということは……？

ＳＭに興味があるのは梓なのか？

そういえば遙は、梓の進路相談にのっていると言っていた。

つまり梓はＳＭに目覚め、大学を卒業したらＳＭ嬢になりたい、という希望がある……のか？

ごくり、と柾鷹は唾《つば》を飲みこむ。

あの女ならありそうなことだった。

今の梓と小野寺の関係だって、考えてみれば女王様と奴隷といってもさほど間違ってはいない。

本格的にその道を究《きわ》めたくなったとしても、不思議はないだろう。

その相談を受けた遙が、伊万里とかいう男を紹介したわけだ。

しかしもちろん、小野寺としては梓にそんなことをさせるわけにはいかない。

おそらく、沢井のオヤジさんにはまだ何も知らせておらず、ことが進行する前に、なんとか引きとめようとしているのではないか？

ＳＭ嬢だって、立派な職業の一つだと思うのだが、しかし頭の古い沢井のオヤジは、もちろん娘のそんな希望を聞き入れるはずもない。バレたら烈火のごとく怒り、梓を家に軟禁するくらいのことはするかもしれない。

それで、遙と小野寺がコソコソと相談していたのだ。

遙はおそらく、梓の希望を叶《かな》えてやりたいと思っている。が、小野寺の心配もわかる。……という板挟みなのではないか？

それで、小野寺を安心させるために伊万里に引き合わせ、仕事内容について説明していたのだ。

ＳＭクラブといっても、場末のイロモノな店ではない。金持ち連中が集まる高級会員クラブである。

客層は保証されていて、ストーカーに付け狙われることもない。おそらく器具？　や設備などの安全面も考慮されている。もちろん、本番もナシだ。

純粋にプレイを楽しむ、大人の社交場。

遙もその確信があったからこそ、仲のいい梓に紹介したわけだ。狩屋の友人という保証もある。

――おおおおおお……っ！

柾鷹の頭の中でファンファーレが鳴り響いた。

見事にすべてがつながった。

つまり、そういうことなのだ。

となれば、やはりここは、俺が一肌脱ぐしかあるまい。

どうやら無意識のうちに奇声を発し、拳を握りしめて立ち上がっていたらしい。

気がつくと、呆然《ぼうぜん》とユーサクと深津が柾鷹を眺めていた。

かまわず、柾鷹は尋ねた。

「おい、ユーサク。おまえ、そのクラブの場所、知ってんのか？」

「へっ？」

大きく目を見開いたユーサクが、ぽかんとした顔をした。

◇

◇

夜の八時過ぎ——。

遙がタクシーを降りたのは、住宅街の真ん中にそびえるひときわ大きな邸宅の前だった。

あとから小野寺も降りてきて、無言のまま、観察するようにあたりを見まわす。めずらしくボディガードは連れていない。

梓の結婚となると、父親の組長はもちろん、組を巻きこんでの騒動になるので、小野寺としては、ギリギリまで騒ぎは小さくしたい、ということだろう。

目の前にそびえる高い鉄門の向こうにはよく手入れされた芝生の広い庭が広がり、その間を月明かりに照らされて白い石畳が延びている。

行き着く先は、二階建ての白亜《はくあ》の豪邸だ。しゃれた形の窓からは、光がいっぱいに溢《あふ》れている。中では紳士淑女が集《つど》い、シャンパンを片手に談笑しているような華やかなパーティーのイメージが浮かんでくる。

ル・ジャルダン・ドール――という名前らしい。黄金の庭、という意味だろうか。

伊万里の経営する会員制のクラブである。

くわしいことは聞いていなかったが、各界のセレブの集まる高級クラブのようだ。

こういうところで、非公式な政治的、経済的な密談が交わされるのだろうか、と遙はちょっとドキドキしてしまう。

小野寺の方はいつもと同じく冷静に見えるが、抑えているだけなのかもしれない。身にまとう空気が、いつにも増して緊張感をはらんでいる。

まあ、敵陣に乗りこんできたようなものだから当然だろう。

先日、遙は伊万里と小野寺を引き合わせたわけだが、小野寺としてはやはり、梓の夫として伊万里がふさわしいかどうかを見極めたい、というスタンスを貫いている。

遙としては——というか、梓としては、だ——ダメ押しのつもりで、小野寺にここで伊万里とデートしているところを見せつけるつもりのようだった。

それで、小野寺を連れてきてほしい、と頼まれたのである。

正式に伊万里からも招待があり、小野寺としても受けて立つしかない。

とはいえ、遙にしても訪れるのは初めてで、ちょっと緊張する。

正直、こんな店だとは思わなかった。店、という言葉がそぐわないくらいである。

「すごいですね…」

門の前で思わずつぶやいてしまった。

伊万里としては、自分の財力なり、経営手腕なりを小野寺の目に見せつける、という目的がある。

もちろん偽の恋人としての役割上、……のはずだったが。

門の横のインターフォンで名前を告げると、ガタン…と音を立てて自動で門が開かれる。

内側に観音開き《かんのんびら》きで、それだけでも海外セレブの邸宅といった風情だ。

玄関アプローチまで、車も通れるような幅の広い石畳を歩いていくと、ちょうど重厚な扉の前についたところで中からスッ…と開かれる。

「朝木様と小野寺様でいらっしゃいますね。ようこそ、ル・ジャルダン・ドールへ」

丁重に出迎えてくれたのは、タキシード姿の若い男だ。クラブなら黒服といったところだが、さすがにワンクラス上、という感じだ。

バスケットボールができそうな吹き抜けの広い玄関ホールから、優雅な螺旋《らせん》状の階段が二階へと続き、右手には一段下がってシックな雰囲気のウェイティング・バー。そして、さらに奥へと長い廊下が延びている。

天井から下がる豪華なシャンデリアに、さりげなくかかっている壁の抽象画。隅のテーブルに置かれている、アールデコのランプ。

相当に金がかかっていそうだが、成金といった感じはなく、趣味がいい。

こちらへどうぞ、と男に案内されて、あとについて歩いていく。足音が反響するほどの天井の高さだ。

そして意外なほど、館の中は静かだった。人の気配が薄い。

もっと大勢の人間が集まって、華やかなパーティーのような雰囲気かと思っていた。

時折、通り過ぎる扉の向こうから小さな物音やかすかな会話の耳に声が届き、誰かいることがわかるくらいだ。

何か独特なムードで、ちょっと落ち着かなくなる。

すれ違うのもきちんとネクタイをつけたウェイターばかりで、遙たちの姿を見かけると、廊下の片端で立ち止まって頭を下げる。教育は行き届いているようだが、何だろう？　妙な違和感があった。

たくさんの植物が植えられ、うっそうと密林めいた中庭を横目にしながら、ようやく行き当たったのはかなり広い……ラウンジのようなフロアだった。

いくつかの区画に区切るようにゆったりと天井から下がる布で仕切られ、間接照明だけで薄暗い。かなり近づかないと、おたがいの顔も見分けられないほどだ。

ランダムにいろんな形のソファが配置されており、お香、だろうか、少しエスニックな香りも漂っていた。

それも演出なのか、どこか秘密クラブめいた雰囲気だ。

そして中には、確かに今までになく人の気配があった。

小さな話し声や密やかな笑い声が、そこかしこから聞こえている。

「ダメよ、お口を閉じて」

「いい子ね…、もう少し我慢できるでしょう？」

そんなささやくような女の声と、なにやらそれに応える男の低い声だ。

だが、姿は見えなかった。

それぞれ、薄いカーテンのような布の奥にいるようだ。

香の匂いもあってか、何か異世界に迷いこんだような酩酊《めいてい》感に襲われる。

「ああ…、朝木さん。小野寺さんも、よくおいでくださいました」

フロアに入りこむと、ふいに覚えのある朗らかな声が響いてハッと我に返る。

目の前に伊万里が立っていた。ダンディな三《み》つ揃《ぞろ》いのスーツ姿だ。

「今日はありがとうございます」

とりあえず遙が挨拶し、お邪魔いたします、と小野寺も丁重に会釈《えしゃく》した。

とはいえ、隙《すき》のない様子でまわりを観察している。

「今夜は楽しんでいってください。小野寺さんも、お好きなだけあら探ししていただいてかまいませんよ」

冗談のような伊万里の口調だが、なかなか挑発的だ。

ちらっと遙に共犯者の視線を投げる。

遙は曖昧に笑い返したが、正直、あまりやり過ぎないでください、と内心で祈った。

「あなたの商売についてとやかく言うつもりはありません。うちも社会的に褒《ほ》められた仕事ではないですからね。ただ私が見たいのは、あなたご自身です」

それに淡々と小野寺が返す。

まっすぐに伊万里に視線を据えて、静かな中にも鋭い気迫を感じた。

「恐いですね」

と、伊万里は微笑んで受け流す。

「何か飲まれますか？　たいてい何でもそろえていますから、お好きなものをおっしゃってください。ウェルカムドリンク代わりにシャンパンも用意しているのですが？」

「じゃあ、俺はシャンパンを」

愛想よく尋ねた伊万里に遙は応える。小野寺は淡々とハイボールを頼んだ。

どうぞ、と案内されて、遙たちはフロア中央の壁際のソファへ腰を下ろす。

布の隙間からこぼれてくるかすかな人の気配だけがまわりを取り囲み、ねっとりとまとわりつくような空気だ。

すぐにシャンパンのボトルが運ばれてきて、ウェイターが手慣れた様子で栓を抜くとグラスに注ぐ。

さすがにいいシャンパンようだ。さわやかな香りが鼻をくすぐる。

小野寺のハイボールも速やかに運ばれてきて、いただきます、と、とりあえず一口つけてから遙は口を開いた。

小野寺が積極的に会話するとは思えないので、遙の方でまわさなければならない。

「こちらのクラブは…、ちょっと想像と違っていました」

遙が素直に感想を述べると、伊万里は自分のグラスを手にしたままソファにもたれ、ゆったりと微笑んだ。

「そうですか？」

「もっと賑《にぎ》やかな、パーティーのような空間だと思っていたんですけど」

それに伊万里がうなずいた。

「そういう時もありますが、……そうですね、基本的にはうちのキャストとお客様が一対一で向き合うことが多いですね。ただ今日はちょっと特別かもしれません。お二人がいらっしゃるので」

「一対一？」

それは意外だった。

こういう会員制の社交クラブだと、客同士が酒でも飲みながら、まったりと交友を温める、という感覚だったのだ。

「こちらのクラブでは…、ええと、何をするんですか？　ショーが中心なんでしょうか？」

自分でもヘンな質問だと思いながら、遙は聞いてみる。

そういえば伊万里はショーの企画などもしているわけだから、そちらの方面に特色があるのかと思ったのだ。

しかし伊万里は首を振った。

「こちらでショーはやりません。まあ、特別なイベントの際にはテーマに沿って企画することもありますが、ここはむしろ…、ヒーリングのためにお客様がいらっしゃるのでね。思い思いに過ごしていただいているんですよ」

「癒《ヒーリング》やし…？」

どこか意味ありげに言った伊万里に、遙はちょっと首をかしげる。

「お目にかけましょう」

微笑んで、伊万里が立ち上がった。

いったんフロアを離れ、なにやらスタッフたちに指示を出しているようだ。

そういえば、梓はどこにいるのだろう？

と、ようやく遙は思い出した。

伊万里と一緒のところを見せつけるつもりで、先に来ているはずだったが、姿が見えない。

「小野寺さんは…、こういう店にはよく来るんですか？　あ、店をやってる方なのかな」

何か話していないと落ち着かず、ハイボールを口に運びつつ、警戒するようにあたりを見まわしていた小野寺に、遙は尋ねた。

「ええ、普通のクラブは何軒かやらせてますね。ただここは…、かなり特殊な匂いがする」

わずかに目をすがめて、小野寺が低く口にする。

「政財界の大物も多いようですから、ちょっと秘密クラブめいているのかもしれないな…。小野寺さんも入会したら、いい人脈ができるんじゃないですか？」

軽口のように言った遙に、小野寺はやはり硬い口調だった。

「あまり俺は馴染めそうな空気じゃないですね」

まあ確かに、小野寺のキャラではない。

「それで、伊万里さんはどうなんですか？　梓ちゃんの恋人としては。……結婚相手としても、ですけど」

静かに、核心を突く質問をぶつけてみる。

「まだ、なんとも」

ちらっと視線を上げて遙を見てから、小野寺が短く答えた。

「でも気に入らないんですよね？」

穏やかな口調で遙は追いこむ。

小野寺が吐息で苦笑した。

「まあ、それは。でも俺の相手じゃなくて、梓の相手ですからね。婿に入って組に関わるのでなければ、俺としてはただ……、梓に対して誠実かどうか、ということだけですよ」

「そうですか…」

落ち着いた答えに、遙は小さくうなずいて、グラスのシャンパンを飲み干した。

少し胸が痛い。

だましている、という心苦しさと、そしてどんな形であれ、梓のことを大切にしているんだな…、という切なさと。

「オヤジさんへ挨拶に来るつもりらしいですから、まぁ、いきなりで驚かせないように、俺としてはいろいろと確認しておきたいんです」

「小野寺さん自身はどうなんです？　梓ちゃん、まだ迷ってるんじゃないかと思いますよ。本当は引きとめてほしいのかもしれない。小野寺さんも、覚悟をつける時なんじゃないかと思いますが」

　追い詰めるつもりはなく、強いて淡々と言った遙に、小野寺は膝の上で組んだ手を見つめながら穏やかに答えた。

「俺はもう、決めてますよ。俺の覚悟をね」

　ふぅ…、と思わず、遙は息を吐き出す。

　ちょっと難しいかもしれないな、梓ちゃん…。

　思わず内心でつぶやいた――その時だった。

　フロアの中に張り巡らされていた布が、天井から切り離されたように、バサリ…、といっせいに床へ落ちた。

　照明の明るさが変わったわけではなかったが、一気に視界が開け、すべてが素通しになる。

　瞬間、目に飛びこんできたのは……人、だった。

　人、のはずだ。

　薄暗い中でも、なんとかシルエットは把握できる。

　ピタリと身体のラインを強調するような黒革のボンテージに、ピンヒール。

　完璧な女王様スタイルだ。

　さらに片手には短い鞭を持ち、そしてもう片方の手には……鎖が握られていた。

　その先にいたのは、男、だ。

五十がらみの、少しばかり腹のたるんだ中年男。

全裸に首輪だけをつけられ、鎖につながれて、目隠しをされた上、口にはボールギャグをくわえさせられている。

「いけない子ね…。今日はお客様がいらっしゃるから、おまえのはしたないモノはおったてちゃいけないって言っておいたはずね？　私の言うことが聞けないの？」

声を荒げることはなかったが、その分冷ややかな口調で、女王様が手にしてた鞭の柄の部分を男の股間部分にグリグリと押しつけた。

うお…っ、ぐお…っ、と男が身をよじり、涙を浮かべながらくぐもった声を上げる。

つまるところ、どう見てもＳＭプレイ、だった。

しかもよく見ると——いや、あまりしっかりとは注視できなかったのだが——、あと三組ほど、フロアのあちこちで同じようなプレイが繰り広げられている。

仰向《あおむ》けに床へ転がった男の股間を、女王様がヒールで踏みにじっていたり、ソファに腰を下ろした女王様の足にすがりついて、指をなめている奴隷がいたり。

「え…？」

あまりの衝撃で、頭の中が一瞬、真っ白になった。

——なんだ、これは……？

呆然としたが、しかし意識下でははっきりと理解している。

つまりここは、会員制の高級ＳＭクラブ、らしい。

確かに、大企業の重役とか社会的な地位が高い人ほど重圧が大きく、Ｍ嗜好がある人も多い、と聞いたことはある。

いやでも、……そうだ。梓はこのことを知ってたのか？

ようやく思い出して、ちらっと横の小野寺を見ると、さすがに驚いたように口を開けてその光景を見つめている。

「いかがですか？　朝木さん」

いつの間にかもどっていた伊万里が、楽しげに尋ねた。

「えっ…？　あの…、いや、すごいですね。初めて見ました」

なんかもう、それしか答えられない。

「このクラブではほとんどのスペースをお客様に開放しています。どこでも好きな場所でプレイできるわけですよ。個室やバスルームやビリヤードルーム。もちろん、器具のそろった専用の部屋もありますがね。……ほら、あそこにも」

と、指された方に無意識に視線をやると、ガラス張りの壁の向こうで、庭を散歩している女王様と奴隷の姿が垣間見えた。

いや、飼い主と犬、と形容すべきだろうか。当然のように革のリードでつながれている。

「多くのストレスを抱えたお客様が、日頃抑圧された感情すべてをここに来て解放するのです。

もちろん初めのうちは恥じらいもあるでしょう。けれどプロの女王様に調教されていくうちに、どんどんと心は解き放たれ、すべてのしがらみから自由になれるんです。すばらしい快感ですよ…！　残念ながら私自身は、こちらの嗜好がなくて体験はできないのですが、しかしお客様方の成長は見ていてもわかります」

プロの女王様なんだ…？　とか、え、どうして本人はそっちの人じゃないんだ？　とか、内心で混乱しつつも、熱っぽく語る伊万里に遙は口を挟むことができない。

「ぜひお見せしたいですね。完璧に調教されたプレイは見事と言うしかありません。彼らはプレイを肉体芸術に昇華させるのです…！」

「………な、なるほど？」

高らかと宣言した伊万里に、とりあえず遙はうなずいた。理解できたかどうかはまったく怪しいが。

というか、これは大丈夫なのか？

つまり、小野寺的に、だ。

おそるおそる、遙は小野寺を横目にした。

いつの間にか立ち上がっていた遙とは違い、小野寺はソファに座ったままで、まっすぐに真正面を見つめていた。

そして、長い息を吐き出す。

「つまり、あなたの言っていた新しい世界とか自由とかいうのは、こういう意味ですか?」

低い、感情のない声が小野寺の口から絞り出される。

……まずい。

冷や汗がにじんだ。

「もちろん、これだけではありませんが、その一面ではありますね」

しかしかまわず、伊万里は朗らかに答える。

どうしよう。もし小野寺が伊万里に殴りかかったら、止められるだろうか…?

あせりつつ、そんなことを頭の中で考えていた、その時だった。

「伊万里さーん!」

いかにも場違いな、明るく高い声が響いたかと思うと、黒い影がひらりと伊万里の腕に飛びついた。

——梓だ。

「ちょっ…」

目に入った瞬間、遙は絶句した。

女王様コス、というのだろうか?

梓もがっちりボンテージ姿だった。

デコルテは剝《む》き出しで胸が強調された超ミニ丈の革のワンピースで、両脇腹のあたりはセクシーな編み目のシースルー。膝上《ひざうえ》まであるヒールの革ブーツからはガーターベルトのようなものが伸びて、下にはいているアンダーショーツまで続いている。

さらに髪は、いつもは明るめにカラーリングし、かるくウェーブをつけているのが、今日は黒髪をストレートに下ろしていて、ちょっと色っぽい。

「ね、すごくないっ!?　これ」

はしゃいだ様子で伊万里に言うと、くるくるっ、とその場でまわってみせた。

「梓、おまえは……」

小野寺の小さく震える声が聞こえ、うわ…、と遙は思わず目を閉じた。

これはちょっと、やり過ぎだ。

まあ、梓としてはやりきるつもりで、今回はのぞんでいるのかもしれないが。

ということは、梓は伊万里の仕事は知っていたのだろう。遙にあえて言わなかったのは、止められそうだと思ったからか。

「あら…、小野寺。あっちゃんも来てたのね」

いささか白々しく、梓が堂々とこちらに向き直る。腰に手を当て、見せつけるみたいに。

「どう？　一度、こういう衣装、着てみたかったのよねー」

「ああ…、思った通り、よく似合うよ、梓。前の巫女さんの衣装は可愛らしかったが、こちらは大人の魅力だね」

伊万里が手放しで褒めている。

「おまえは……、何をやってるんだ!?」

しかし小野寺は立ち上がって声を荒らげ、足下のローテーブルを蹴り倒した。

小野寺がこんな荒々しい行為に出るのはめずらしい。

グラスがいくつか床に飛んだが、毛足の長い絨毯《じゅうたん》がクッションになって、派手な音にはならなかった。

「ちょっ…、何よ、いきなりっ！」

さすがにカチンときたらしい梓は、険しい顔で噛みつく。

「おまえ、本気でこの変態野郎と結婚するつもりなのかっ？　正気か!?」

「……ずいぶんだな」

その小野寺の叫びに、むっつりと伊万里がうなった。

まったく本心だろうから、よけい始末が悪い。

一瞬、梓がハッと目を見開いた。

言ってほしかった言葉なのだろう。

が、続けて叫んだ小野寺の言葉に表情を硬くした。

「そんなこと、オヤジさんが許すはずはないだろう！」

だから、それを言っちゃダメだって…。

思わず遙は、内心でため息をつく。

父親ではない。小野寺自身の気持ちが、梓には大事なのだ。

「パパは関係ないでしょ！　パパに私の結婚をとやかくいう権利なんかないわよっ！　だいたい、普通の人が私と結婚なんか考えると思うっ!?」

爆発するように梓が叫んだ。

小野寺もさすがに言葉に詰まったようだ。

やはり「ヤクザの娘」が一般の男と結婚するのは、なかなか大変なのだろう。ヤクザを親戚に持ちたいと思う人間はいないだろうし、本人が決意したとしても、身内はこぞって反対するはずだ。

それこそ、すべてを捨てる決心が必要だった。

そういう意味では、自分は楽だったのかもしれないな、と遙はちらっと思う。

すでに両親も兄弟もなく、捨てるものは少なくてすんだ。

……しかし、梓のその言い方だと、梓としても伊万里が「普通の人」だと思っていないようで、それは伊万里的にはいいのかな、とちょっと考えてしまう。

まあ、狩屋の友人という時点で、ただ者でないとも言えるが。

「梓…」

泣きそうな顔で、大きく上下させて荒い息をついていた梓の肩を、伊万里が両手でそっと抱きしめた。

「君の環境のことで君が悩む必要はないよ。君自身には関係のないことだし、君はとても魅力的な女性だからね」

優しく言葉をかけた伊万里を振り返り、梓が泣き笑いのような表情をみせる。

「ごめんなさい…。ありがとう」

「結婚しないか、梓」

そしていきなり、伊万里が言った。

一瞬、間があってから、「えっ？」と梓が声を上げる。まじまじと、伊万里の顔を見つめた。

遙も思わず、伊万里を凝視《ぎょうし》してしまう。

……本気、なのか？

正直、見分けがつかない。

ハッと横を見ると、小野寺が凍りついた表情で立ち尽くしていた。が、だんだんとその顔が紅潮してくる。

「きさま…、ふざけたことを——」

「あなたに何か言う権利はない！」

拳を握って、声を絞り出した瞬間、伊万里のぴしゃりとした声が飛んだ。

「これは梓の問題で、私は梓の気持ちを聞いている」

きっぱりとにらむように言った伊万里の言葉に、小野寺が息を呑んだ。グッと奥歯を噛みしめたのがわかる。

小野寺の動きを止めるとは、伊万里もかなりの貫禄だ。

伊万里がゆっくりと梓に向き直った。

「確信したよ。君は私のミューズだ。会うたびに表情が違って、いろんなインスピレーションを与えてくれる。これからも私のパートナーとして、美しい人生を一緒につくってくれないか？」

「伊万里……さん？」

情熱的なプロポーズに、梓はなかば呆然としたままだ。

「こんな野暮《やぼ》な男のことで、君がこれ以上、悩む必要などない。彼の生き方と、君の生き方が違っていただけだ。君はこれから広い世界に踏み出して、新しい可能性をいくらでも見つけられるんだからね」

伊万里は真剣な表情だった。とても、梓の計画につきあってくれているだけとは思えない。

小野寺の息づかいがわずかに荒くなったのを感じ、遙はちょっと鳥肌が立つのを覚えた。

「私は本気だよ、梓。できれば、今すぐにでも結婚してほしい」

梓も伊万里の真剣さを感じたのだろう。

とまどったように視線を揺らせ、無意識のように小野寺の顔を見る。

小野寺は大きく息を吸いこんで、そして静かに言った。

「おまえが…、決めればいい。おまえの人生だ。おまえがそうしたいなら、俺がオヤジさんに掛け合ってやる」

梓の顔がくしゃっとゆがむ。

「そう…。引きとめる気はないわけね」

震える声を必死に抑えて、絞り出すように言った。

「いいわ。私——」

伊万里に向き直り、梓が大きく息を吸いこんだ。

——その時だった。

「おおー、こりゃ、クライマックスに行き合わせちまったかな？」

いきなり張り詰めた空気を突き破り、場違いに陽気な声が響き渡った。

聞き覚えのある男の声だ。

ハッと振り返った遙の視線の先にいたのは——柾鷹だ。

遙は大きく目を見開いた。

「柾鷹…！　おまえ…、どうしてっ？」

驚愕《きょうがく》に思わず声が出る。

「よぉ、遙。おまえにこんなところに出入りする趣味があったとはなー」

いかにも意味ありげに言うと、ゆっくりと視線を巡らし、梓を見て目を丸くした。

「……おおっ？　あずにゃん、なかなか似合ってんじゃねーか」

顎を撫でてにやにやする。

梓の方はただ呆然と、「なんで？」とつぶやくのが精一杯らしい。

「何しにきた？　どうしてここにいる？」

どこか得意げな顔で近づいてきた柾鷹に、遙は据わった目で問いただした。

「水くせぇなぁ…。せっかくのあずにゃんの晴れ姿だろ？　俺だってまんざら知らねぇ仲じゃねぇんだし。教えてくれたっていいだろー？」

少しばかり拗《す》ねた様子で唇をとがらせた男に、遙は眉をひそめる。

「何の話だ？」

「だから、あずにゃんのSM女王様デビュー。オヤジや小野寺に反対されてんだろ？　俺は味方だぜ？　やりたいことは納得いくまでやりきった方がいいからなー」

「そんなわけないだろっ！　何を言ってるんだ、おまえはっ！」

あきれたのと混乱したので、思わず大声でわめいた遙に、えー？　と柾鷹が首をひねる。

「なら、あのカッコはなんなんだよ？」

親指で梓を指して聞かれ、遙は口ごもった。

「だから、あれは……、そういうんじゃないって。ただのコスプレだから」

ややこしいっ、と内心でうなる。

「千住の組長でいらっしゃいますね？」

と、さすがに伊万里が口を挟んできた。

うん？　と向き直った柾鷹が、ニッと笑った。

「あぁ…、あんたが伊万里さんか？」

何気ないように聞きながらも、値踏みするような眼差しが全身を眺めている。

「ええ、ここのオーナーの北原伊万里です。どうやってここまで入っていらっしゃったのか不思議ですが…、歓迎いたしますよ、千住組長」

にっこりと愛想よく言う。

そういえば、確かに不思議だった。

セキュリティはしっかりしてそうな建物だったが、どうやって侵入したのだろう？

「狩屋が世話になってるそうだな」

「いえ、こちらこそ。狩屋とは学生時代からのいい友人でしてね。今も時々、仕事を手伝っていただいてます。……まあ、おたがいに、ということですが」

共通の知り合いになる狩屋が連れてきたのか？　とも思ったが、そんな様子はない。

と、伊万里が思いついたように手を打った。

「そうだ。ちょうどよかった。千住の組長には証人になっていただきたいですね」

「証人？」

「ええ。梓さんとの結婚…、まぁ、婚約というべきかな」

「結婚？　あずにゃんが？」

あ？　と首をひねった柾鷹が横の小野寺を眺め、梓を見て、そしてようやく遙に視線をもどす。

「結婚すんのか？　誰と？」

あれ？　というみたいに、カリカリと頭を掻く。

「んじゃ、やっぱり、連れてきて正解ってことだよな？」

うかがうように聞かれ、誰を？　と聞き返そうとした時、後ろから男のだみ声が聞こえてきた。

「おい、千住の…。いったいここは何なんだ？　クラブにしちゃ、えらく広いな。迷っちまいそうだ」

フロアにいた人間が、いっせいにそちらを向く。

きょろきょろとあたりを見まわしながら近づいてきたのは——沢井組長だった。

うわ…、と遙は頭を抱えたくなった。

「おまえ…、どうしてっ？」

「いでででっ」

柾鷹の耳を思いきり引っ張って、耳元で、それでも吐息だけで、怒鳴りつける。

「どうしてってよー……」

ちょっとふくれっ面で柾鷹がうなった。

何か失敗したのか？　とようやく悟ったようで、視線が泳いでいる。

「……うん？　小野寺？　なんだ、おまえも来てたのか」

薄暗い間接照明の中で見知った顔を見つけ、沢井組長が安心したような笑みを見せた。

が、次の瞬間、それが凍りつく。

「な…、梓っ⁉　おまえ、なんて格好してんだっ⁉」

「パパ⁉　どうしてっ？」

梓が大きく目を見張る。

「おいっ、小野寺！　どういうことなんだ、これはっ⁉」

沢井組長がおそろしい勢いで小野寺に近づくと、その胸倉を引きつかむ。

「いえ、それは…、実はお嬢さんは…」

「おまえがこんな格好、させてんのかっ？　ええっ⁉」

抵抗できないまま口ごもる小野寺を激しく揺さぶり、沢井組長が問いただした。

「ちょっと、やめてよ！　小野寺は関係ないんだからっ」

さすがに梓が止めに入る。

「沢井組長でいらっしゃいますか。私は当クラブのオーナーの北原と申します。ご挨拶が遅れましたが、実は梓さんとは結婚を前提におつきあいさせていただいておりまして」

「あぁっ？」

と、その中へ伊万里がいささか場違いなトーンで口を挟み、沢井組長ににらまれた。

どうやら、火に油を注いだ感じだ。

「なんだと？　てめぇがこの妙なクラブのオーナーか？　結婚を前提ってのはどういうことだ？　何、ふざけたことを抜かしてやがるっ！」

沢井組長としてはまったく寝耳に水の話だし、混乱もしているのだろう。

今度は伊万里につかみかかる。

「パパ、やめてって！」

「オヤジさん、落ち着いてください」

逆に小野寺が、沢井組長を後ろから羽交い締めにするように止めに入った。

「離さねぇかっ、小野寺っ！　だいたいてめぇは何してたんだっ？　あぁ？　梓の守り役だろうが！　こんな胡散臭い男を近づけてんじゃねぇっ」

「申し訳ありません」

「しかも結婚だと!?　冗談じゃねぇぞっ」

「そうよ、悪い？　もう成人もしたんだし、パパに許可をもらわなくちゃいけないことじゃないでしょ。小野寺にもねっ」

「そんなこと、許さんぞっ！」

「許さなくてもいいって言ってるでしょっ。私、結婚してもう家を出るから！」

煽《あお》られるように、梓も叫んでいる。

うわー…、と遙は、じりじりと後ずさりながらその混乱を眺めていた。

阿鼻叫喚《あびきょうかん》とはこういうことを言うのだろう。もはや収拾がつかない。

とはいえ、すでに内容は沢井一家の家庭内騒動になっていた。

いつからかプレイをしていたカップルは姿を消し、ウェイターたちも近づいてはこない。

伊万里も、当事者の一人のはずだったが一歩引いていて、遙と目が合うと、口元に小さな笑みを浮かべた。

どうやら、おもしろがっている。

いったいどこまでが本気だったのかわからない。もしかすると、すべてが演出なのかもしれない。

さすがに狩屋の言う通り、食えない男のようだ。

こちらも、主犯というのか、騒動を巻き起こすだけ巻き起こして知らんぷりをしている柾鷹が、勝手にサイドテーブルのクーラーに残っていたシャンパンを横のグラスに注ぎ、一気にあおっている。

遙はその髪を邪険に引っ張ってこちらを向かせ、小さく怒鳴った。

「おまえ、どうして沢井の組長なんか連れてきたんだよ？」

「どーしてって…、ま、いろいろ考えた結果？　あずにゃんのためになるかなー、と」

「台無しだろうがっ。梓ちゃんが小野寺さんに本心を言わせるために、伊万里さんに協力してもらってたんだぞっ」

あー…、と空とぼけるみたいに斜め上を眺めて柾鷹がうなった。

「しょーがねーだろー…。だいたいおまえが俺に相談しないからこういうことになるんだろーが」

「できるかっ」

ぶつぶつと文句をたれる男を、遙は一喝した。

うかつに教えるとぶち壊しにすることは目に見えているし、……実際、そうなった。

あああ…、と遙は額を押さえた。

どう収拾をつければいいのか。

「……オヤジさん、お嬢さんがご自分で決めたことですから」

フロアでは、どうやら小野寺が沢井組長をなだめていた。

「なんだと、小野寺っ。てめぇは梓をこんなやつにくれてやってもいいと思ってんのかっ!?」

しかし、沢井組長の怒りが収まる様子はない。

「外の世界の人と一緒になるのがお嬢さんのためだと思いますよ。今までずっと不自由な思いをされてきたんですから、せめて結婚は自由にさせてやってください」

「ちょっと、何、一人で勝手なこと言ってるのよ。私は今まで一度も、不自由だなんて思ったことないわよ?　いつでも好きなこと、やってるわ」

梓がキッと小野寺をにらみ上げる。

「そりゃ、いろいろうっとうしいし、面倒なことも多いけどっ。そんなの、誰にだってあることでしょ!? たまたま私は父親がヤクザの組長だったってだけでっ。ここに生まれたから……出会えた人だっている」

「梓…」

それに小野寺がとまどったように目を瞬かせる。

「わかってるわよ、ダダをこねれば何でも手に入るわけじゃないって。でも…、小野寺はずるいんじゃないの?」

じっと小野寺の目を見つめ、梓が悔しげに、そして何か問いかけるように言った。

ふと、何の拍子か、一瞬の凪《なぎ》のような沈黙が落ちる。

と、そのタイミングでふっと背後から落ち着いた声が耳に届いた。

「組長、ただいま帰りました。……しかし、何の騒ぎですか?」

狩屋だ。出張中だった千住組の若頭で、伊万里の友人でもある。

いっせいに集まる視線を、狩屋は穏やかに受け止めた。

ちろっと肩越しに振り返った柾鷹が、おぉ、と鷹揚《おうよう》にうなずく。

「ご苦労だったな」

「狩屋、来てたのか」

と、気づいた伊万里が少しばかり遠くから気安く声をかけてくる。

沢井一家からは少し距離を置いていたが、ちょうど柾鷹と梓たちとの中間くらいだ。

「本家にもどったら、うちの組長がこちらにお邪魔していると聞いたものでね。……しかし、どういうわけでまた？　お知り合いでしたか？」

「いいや」

視線で聞かれたあとの自分への問いに、柾鷹はのんびりと首を振っている。

「——とにかくっ！　おまえの相手は信用できる男じゃねぇとダメだ。……おお、ヤクザが嫌じゃなきゃ、狩屋くらいの男にしろ！」

沢井組長が顎を上げ、ちょうど視線の先に見つけたのか、狩屋をダシに引っ張り出した。

「なんで狩屋なのよっ」

地団駄踏むように梓がわめく。

「わかった。じゃあ、うちの狩屋を婿にやるよ。それで文句ねぇだろ」

柾鷹がそばのソファにどさり、と腰を落とし、騒ぎに飽きたように首をまわしながら無造作に言い放った。

「おい、柾鷹」

「……なに？　いいのか、千住のっ？」

さすがにあせって遙は声を上げたが、バッと振り返った沢井組長が、勢いよく食いついてくる。

そして狩屋に向き直ると、身を乗り出すようにして尋ねた。

「狩屋っ！　おめぇはどうだ？　うちの梓はちょいと気は強いが、美人だし、いい子だぞっ？

いやっ、別に婿じゃなくてもかまわないんだ」

猛烈に売りこんでいる。

「……そうですね。うちの組長がそうおっしゃるのでしたら」

一度柾鷹に視線を向けると、その横にまっすぐ立ったまま、狩屋が特に表情も変えず静かに答えた。

柾鷹と狩屋の顔を見比べ、ああ…、と遙は短く息をつく。

まあ、そういうつもりなのだろう。

「もういいかげんにしてよっ！」

癇癪《かんしゃく》を起こすように梓が高い声を上げた。

「誰のために今まで処女だったと思ってるのよっ！　腰抜けっ！」

半分、泣きそうに声が震えている。

「うぉっと…」

柾鷹がにたにた笑った。

「処女かー…。――いって…！」

遙は無言のまま、柾鷹の後頭部をぶん殴った。

「なんだ、妬《や》いてんのか？」

「エロ親父みたいな顔と口調が気に入らないだけだ」

「大丈夫だって。俺は処女に興味はねーから。このプリプリの可愛いお尻がお気に入りだからなー」

むっつりと言った遙の腰を、いかにもいやらしく柾鷹が撫でてくる。遙は無言のまま、邪険にその手を払い落とした。

「わかった、もういい！　黙れっ、梓」

小野寺が腹から吐き出すように言った。

まさか、本当にあきれられたのか…？

と、今までとはどこか違うそのトーンに、遙はドキリとする。

そもそも組長の前で「お嬢さん」を怒鳴りつけるようなことを、小野寺はしなかったはずだ。

大きく息を吸いこみ、まっすぐに姿勢を伸ばしてから、小野寺は沢井組長に向き直る。

「オヤジさん。お嬢さんを私にいただけますか？」

淡々と、落ち着いた声だった。

「バカ野郎っ！　おまえまで何だ!?　誰が梓をそんな男に……あぁ？」

反射的に怒鳴りつけた沢井組長だったが、ようやく小野寺の言った言葉が頭の中で意味をなしたのか、いきなり途切れる。

「おー、ようやく腹をくくったようだな」

おもしろそうに、柾鷹がぼそっとつぶやいた。

いつの間に調達したのか、海外物らしい小ぶりの瓶《びん》ビールをラッパ飲みしている。

「え…、おまえが梓を？　いいのか？　小野寺。今までも大概だったが、こいつの面倒を一生、みてくことになるんだぞ？」

実の父親に、結構な言われようである。

「はい」

小野寺は短く答えた。

「梓、いいな？」

「えっ？　あ…、うん」

振り返って確認した小野寺に、梓はぽかん、としたまま答えている。

そしてハッと我に返ったように、小野寺にしがみついた。

「どっ、どうしたのっ？　急に」

「俺が間違っていた。おまえの面倒を見られるのは俺くらいのもんだ」

淡々と言ってから、口許でちらりと笑った。

「狩屋に迷惑はかけられないからな」

梓が目を剝く。

「何よっ、その言い方っ！」

「着ろ。俺の嫁になるんだったら、今後、そういう格好は許さない」

小野寺がスーツの上を脱ぐと、梓の肩を包み隠すようにして羽織《はお》らせる。

えー、と不服そうに梓は口をとがらせたが、ちょっと恥ずかしそうだ。

ふっと遙と目が合って、胸の前で小さく親指を立ててみせる。

ふわっ大きく微笑んだ表情がまぶしいくらいに明るい。

「おおっと、意外と関白宣言…」

柾鷹がにやにやと笑った。

「そ、そうか…、小野寺。おまえにその覚悟があるんだったら、俺は何も言うことはねぇ…」

いくぶんいかめしく言いながらも、沢井組長も満足そうだ。

「お疲れ様でした、朝木さん」

と、いつの間にか近づいていた伊万里が、後ろの方から声をかけてくる。

「よかったです。結局、梓ちゃんの粘り勝ちなんですかね」

遙も微笑ましくうなずいた。

「でも、伊万里さん、どこまで本気なのか、ちょっとあせりましたよ」

「私は学生時代、劇団にいたこともあってね。舞台美術の方がメインだったけど、役者もちょっとかじったんだ」

「どうせ、まわりを無視してやり過ぎたんだろう」

少し自慢げな伊万里に、狩屋が容赦なく指摘する。そしてほぼ、当たっている。

「ひどいな」

伊万里が大げさな身振りで肩をすくめてみせた。

「でも、一番やり過ぎたのはおまえだろ」

腕を組み、遙はじろり、と柾鷹を見下ろしてにらみつける。

えー、と不服げに柾鷹が口をとがらせた。

「何でだよ？　うまくいったじゃねぇか」

「たまたまだろ」

無慈悲に遙は言い捨てる。

実際、うまくいかなかったら、と思うとぞっとする。流血沙汰になった可能性だってあるのだ。

「もう用はすんだんだろ？　帰るぞ」

飲み干したビール瓶をテーブルにのせると、柾鷹が気だるげに立ち上がった。

伊万里が沢井組長に捕まっている間、小野寺が思い出したように近づいてきた。

「千住組長、今日は……その、お手間を取らせまして」

どっちがどうなんだ？　とは思ったが、立場上、小野寺があやまった。

いつものように、きっちりと頭を下げる。

「小野寺。俺がどうしてカタギの遙を無理やり手元に置いてるか、わかるか?」

と、ふいに柾鷹が尋ねた。

遙もちょっと驚いたが、小野寺は虚を突かれたように瞬きする。

「それは…、惚《ほ》れていらっしゃるからでは?」

そしてちらっと遙の顔を見てから、いくぶんとまどいつつ口にする。

「遙を幸せにできるのは俺だけだってわかってるからだよ」

さらりと言って、柾鷹が続けた。

「あずにゃんもわかってんだよ。自分を幸せにできるのはおまえだけだってな」

あ…、と小さく息を呑み、小野寺がただ黙って頭を下げる。

またな、と飄々《ひょうひょう》と柾鷹が歩き出し、失礼します、と狩屋も会釈してあとに続く。

「梓ちゃんを…、よろしく」

遙はようやくそれだけを言うと、急いで柾鷹のあとを追った。

「無理やりって自覚はあったんだな」

隣に並ぶと、前を見つめたままぼそっと言った。

「……あぁ? そこか? 他にあるだろ、もっと感動するところがよー」

柾鷹がぶーぶー文句をたれる。

ちょっとくすぐったい思いで、遙は微笑んだ。

柾鷹や狩屋は当然、車で来ていたようで、遙も同乗して本家まで帰り着く。

例によって部屋住みの若い連中に盛大に迎えられながら、母屋の玄関前で車を降りたが、柾鷹はそのまま、離れについてきた。

「……さて、今夜はじっくりとお仕置きしなきゃなぁ」

いかにも楽しそうに顔を崩している男を、遙は冷蔵庫から出したミネラルウォーターを一口飲んでから、ちろりと横目にした。

「何のお仕置きだ？　むしろ、おまえが乱入してぶち壊しにしかけたペナルティを科したいくらいだが？」

「俺は悪くない。おまえがコソコソ小野寺と会ったり、あの伊万里とかいうのと密会してんのが悪いんだろ」

ソファにふんぞり返って主張する男を無視して、遙は寝室へ入った。

スーツを脱ぎ、出しっ放しだったハンガーにきちんと掛ける。

その間に、うしろからついてきていたらしい男の腕が遙の腰に巻きついた。

引き寄せられ、わずかに体勢が崩れて、身体が密着する。

「つまらない想像をしてたんだろうが？」

肩越しに上目遣いで言って鼻を鳴らすと、柾鷹が口を膨らませた。

「初めから全部、俺にしゃべってりゃよかったんだろ？　俺だけ、のけもんにしやがって」

「梓ちゃんも最後の賭けだったんだよ。おまえに、面白半分に引っかきまわされるわけにはいかないだろ」

結局、引っかきまわされたわけだが。

「でも俺のおかげでうまくいったんだろうがよー?」

しつこく言いながら、男の手がシャツ越しに遙の胸をなぞり、薄い布の上から小さな乳首をもてあそび始める。

どくっと、身体の奥でうごめき始めた疼《うず》きを必死にこらえ、遙は強いて硬い口調を作った。

「おまえのおかげというわけじゃない。おまえの邪魔を乗り越えて、というべきだろうな」

「いやっ、俺の機転だって。狩屋を放出する危険をおかしたんだぞっ」

すかした顔で言った遙に柾鷹が主張し、さらにズボンのベルトを外すと、ファスナーを引き下げ、中心へ手を伸ばしてくる。

「おい…」

反射的にその手を押さえ、かすれた声でうめいた遙に、柾鷹が耳元で笑った。

「ま、おまえが女王様になりたいんじゃなくてよかったけどな」

「バカ…」

そんな想像をしてたのか?

思わず笑って力が抜けた瞬間、遙の身体が持ち上げられ、そのままベッドへ投げ出された。間《かん》髪《はつ》を容《い》れず、ズボンが引き下ろされる。

「おい…、カバー、汚すなよ」

ベッドには、先日の船旅で知り合った老婦人にもらった、手編みのレースカバーが掛かっていたのだ。

貪《むさぼ》るようにキスをしかけてくる男に、あせって遙は注意したが、どう考えても気にするとは思えない。

「がっつきすぎだ」

のしかかる男の髪をつかんでなんとか引き剝《は》がすと、遙は男をにらみつけた。

「いいだろー？　どうせ小野寺たちも今夜は初夜なんだろうしなっ」

にやにやと柾鷹がいやらしく笑う。

「いや、今夜はないだろう…、さすがに」

あれから沢井組長も一緒に帰っただろうし、いきなりそんな展開になるとは思えない。

「おまえとは違うよ、小野寺さんは。梓ちゃんも初めてなら…、その、いろいろと準備は考えるだろうしね」

さすがに想像すると気恥ずかしく、ちょっと言いよどむ。

だが小野寺なら、正式な結婚までは、くらい考えてもおかしくはない。

……さすがに梓がキレそうだが。

「ま、そうだな。俺だって最初ん時は、考えたもんなー」

「嘘つけ」

思い出すように顎を撫でた男を、遙は白い目でにらみつけた。

「無理やりだっただろ？　最初は、間違いなく」

「中学ん時は手を出さなかっただろ？」

「あたりまえだっ」

嚙みついた遙に、柾鷹が口元だけで密やかに笑った。

ちょっと男っぽいその表情に、不覚にもドキリとする。

「ずっと欲しくてうずうずしてたんだぜ？　やりたい盛りだったしなー」

「それて帰省中に女を引っかけて、子供を作ったのか？」

辛辣に指摘すると、柾鷹が肩をすくめた。

「けど、だんだんおまえ、俺とやるの、好きになってただろ？」

うそぶくように言いながら、柾鷹が遙のシャツのボタンを外していく。

遙は、それには答えなかった。

一面の事実でもあるし、……その理由でもなければ、寮の中で、同じ部屋で、男同士、身体を合わせる意味はなかった。

だから、理由がなくなった卒業後は――。

「小野寺な…。もうちょい早く吹っ切ってもよかったんだろうが…、まぁ、俺だって十年は悩んだんだしな」

柾鷹が遙のシャツをはだけさせ、喉元から鎖骨《さこつ》のあたりに唇を這わせながら、吐息混じりに言った。

卒業後、会わなかった十年。

迷っていたのか。

この男でも、同じように。

自分の世界に遙を引っ張りこむことに、葛藤《かっとう》があったのか。

ずっと迷って、迷った末、また遙の前に現れた。

『遙を幸せにできるのは俺だけだってわかってるからだよ』

その言葉がふっと、耳によみがえる。

身体の奥から甘い疼くような熱が大きく膨らんで、全身に広がっていく。

遙は無意識に男の髪に指を絡め、わずかに力をこめて引き寄せた。

胸をたどった男の唇が乳首を捕らえ、舌先で押しつぶすようにして転がされる。ねっとりとなぞられて、それが早くも硬く芯を立てているのがわかる。

いったん柾鷹が顔を上げて、深く息をついた。

「――あぁ…っ！」

いやらしく唾液に濡れ、敏感になっていた乳首がきつく指で摘まれて、痺れるような痛みに思わず上体がのけぞる。

さらに指でこするようにいじりながら、柾鷹はもう片方の乳首へとしゃぶりついた。

いやらしく濡《ぬ》れた音をたてながらついばみ、舌先で唾液をこすりつけて、軽く甘噛みする。

「ひぁ…っ…んっ」

その刺激に、遙は大きく胸を弾ませてしまう。

くっくっ、と喉で柾鷹が笑った。

「ココも、俺が開発したんだもんなー」

指先でひっかくように乳首を押し潰しながら、耳元で意地悪く言われ、遙は唇を嚙んだまま男をにらみつける。

「もともと感度はよかったけどな?」

「あぁぁ……っ」

にやり、と唇をゆがめ、イタズラするみたいに強く乳首が引っ張られて、たまらず高い声がこぼれた。

「いい声だ」

満足そうに言いながら、柾鷹の手が脇腹をすべり落ちる。

「ん…っ」

すでに下着越しにも形の変わっている中心がなぞられ、もてあそぶようにしばらくもまれてから、ゆっくりと引き下ろされた。

「あ……」

恥ずかしく、すでに先端を濡らした自分のモノが男の目にさらされているのがわかり、遙は無意識に両腕で顔を覆う。

「いいな…、やる気十分じゃねぇか」

楽しげに言いながら、遙の両足を抱え上げ、無造作に大きく広げた。

「よせ…っ」

頬がカッと熱くなり、とっさに声が飛び出す。

「……ん？　恥ずかしいなら隠しといてやろうか？」

ふいに優しげに言ったかと思うと、何かやわらかい感触が下肢を覆ったのがわかる。

何だ……？

と、ぼんやり思ったら、柾鷹の声が聞こえてきた。

「ほら…、レースのカバー、汚さないようにしろよ？」

「な…、バカ…っ」

思わず声を上げたが、かまわず柾鷹はレースのカバーで遙のモノを包むように巻き付け、薄い布越しに遙のモノに舌を這わせた。

「あっ…、あぁ…っ、や…っ…」

細かい編み目の隙間からちろちろと触れる舌の感触に、いつも以上に感じてしまう。

無意識にくねる遙の腰を押さえこみ、柾鷹はさらに激しくしゃぶり上げた。

中心に直に当たるレースの感触がむずがゆく、さらに先端がこすれて、たまらなく腰が揺れる。

「おいおい…、もうぐっしょぐしょに濡らしてるぞ？」

いったん身体を起こした柾鷹が、突き出した先端を布の上からいじりながら、憎たらしく教えてくる。

「あぁっ、あぁ…っ、やめ……っ」

その刺激で、さらにドクッ…と蜜が溢れ出してしまう。

「せっかくの手編みのプレゼントなのになー」

遙のせいみたいに言いながら、柾鷹は遙の腰を抱え直し、さらに奥へと舌を伸ばしてきた。

「あ……」

やはりレース越しで、布の上から男の舌が溝をたどり、奥の窄《すぼ》まりまでたどり着く。

わずかに隙間から男の舌が固く締まった襞《ひだ》をくすぐるようになぶり、唾液で濡らしていく。

しかしいつものように奥へ入ってくることはできず、いつまでも表面をかすめるばかりだ。

「ん…っ、ふ……ぁ…、まさ…たか…っ」

たまらず遙は、手を伸ばしてはしたなく男の頭を押しつけてしまう。

「ん？　どうした、遙…？　もの足りねぇか？」

わかっているくせに、ねっとりと聞いてくる。

「どうして欲しいんだ？」

意地悪く聞きながら、狙ったように窄まりの中心に指をねじりこんできた。

ビクッビクッ、と恥ずかしく遙の腰が跳ねる。

「直になめて欲しいのか？　ん…？　おねだりしてみろ」

耳元でささやくようにうながされ、カッ…と頬が熱くなる。

涙目で思わず男をにらんだが、柾鷹はそれにキスで応えただけだった。

「あぁっ、もう……っ」

さらにもう一度、レース越しに舌で愛撫《あいぶ》され、たまらず遙は声を上げていた。

「して…っ、なめて……っ、直接……っ」

よしよし、内腿を撫でながら、男がようやくレースのカバーをめくると、すでにや溶けて潤んでいた部分を指先で押し開いた。

やわらかく濡れた感触が淫《みだ》らにヒクつく。襞を執拗《しつよう》に味わい、尖らせた舌先がさらに奥をえぐるようになめ上げる。

「あっ、あっ、あぁっ、あぁぁ……っ」

頭の芯が痺れるような快感に遙はあえぎ続ける。

「ほら…、遙」

そして代わりに指が二本、一気に突き入れられた瞬間、放っていた。

一瞬、頭の中が真っ白になる。

「おいおい…、指だけだぞ」

楽しげに言いながら、柾鷹がぐったりとした遙の両腕を広げ、顎を押さえこんで唇を奪った。

舌が絡み、きつく吸い上げられ、遙もぼんやりとしたまま、それに応える。

「たまんねぇなァ…」

にやにやと笑いながら、柾鷹がぐったりと投げ出された遙の両足を抱え上げる。

甘く溶け落ちてまだ熱をはらんでいる部分に、何か硬いモノが押し当てられたのがわかった。

「あ……、——あぁぁぁ……っ！」

ハッとした瞬間、一気に中が太いモノでこすり上げられる。

身体の芯を焼けるような熱が走り抜け、遙の腰は反射的にきつくくわえこんでしまう。

「あぁ…、やっぱいいいな…。おまえの中」

柾鷹が満足そうな吐息をもらす。

そして腰をつかんだまま、一気に貫いた。えぐるようにグラインドさせ、何度も奥まで突き立て、揺すり上げる。

「ああっ、あぁ…っ、いいっ、いい…っ、——や…ぁっ、ああっ、あぁぁ……っ！」

自分でもわからないまま、遙はあえぎ続けた。指先が無意識にシーツをつかみ、全身が伸びきる。

「ほら…、イケよ…っ」

かすれた声とともに一番奥まで突き入れられ、遙は一気に絶頂へ押し上げられた。

ほとんど同時に、男の熱が中へぶちまけられたのを感じる。

倦怠感とともに汗ばんだ肌が重なり、体温も、荒い息づかいもおたがいに溶け合う。

汗ばんだ額がこするように男の手で拭われ、唇が奪われて、遙は無意識に腕を伸ばした。

男の首にしがみつき、さらにキスを深くする。

「ほら…、まだだ」

心地よい熱にまどろみたいのに、男の腕が背中にまわり、まだつながったままの腰がさらに押しつけられる。

「少し…、休ませろ……」

「ダメだ」

突き放そうと男の肩に手を伸ばすが、あっさりと却下され、逆に男の腕が遙の身体を引き寄せるように背中にまわった。

密着した腰が軽く揺すり上げられる。

「んっ…、あ……ん…っ…」

じわり、と甘い快感が腰から広がり、たまらず身体がのけぞってしまう。

無意識に締めつけた腰の奥に、男の存在をはっきりと感じる。

それでもいつになく性急に貪ることをせず、柾鷹はゆったりと腰を揺らし続けた。

「んっ…ふ、あぁ……」

だんだんとそれがじれったく、遙は自分から腕を伸ばして男の首にしがみつく。

「気持ちイイか…？」

密やかに、内緒話でもするみたいに、柾鷹が耳元で聞いてきた。

「よくなかったら…、やってるわけ……ないだろ…っ」

悔しさと気恥ずかしさを覚えつつ、遙は男の肩口に顔を埋める。

柾鷹が吐息で笑った。

優しく髪が撫でられ、顔を上げさせられて、吐息が触れるほどの距離でおたがいの目をのぞきこむ。

「おまえを捕まえといてよかったよ」

「だったら、逃げられないようにしろよ」

口元で笑って言った男に、遙も言い返す。

自然と唇が重なり、舌を絡め、おたがいに両腕を絡め合った。

だんだんと男の腰の動きが速くなり、遙は男の肩に爪を立てるようにしてこらえる。

「あぁぁ…っ、いい……、奥……っ」

しかしいつの間にか自分から激しく腰を振り立て、男のモノをくわえこんでいた。

同時に達して、ようやく男のモノが抜けていき、とろり…と溢れ出したもので下肢が濡れる。

すぐには身動きできず、ただぐったりと、男の腕の温《ぬく》もりに身体を預けていた。

男の身体が背中に張りつき、身動きするたびに懐いてくる。

ようやく呼吸が落ち着くと、ぼんやりとした視界に、ベッドサイドのテーブルに置いてあったツリー型の小さな置物が目に入った。

その枝の一つに、銀の鎖が引っかけられている。二つのシルバーの指輪が重なるように、その鎖に通されていた。

先日の船旅の時、柾鷹にもらったものだ。

自分がふだんつけておくのは気恥ずかしく――きっと本家の若い連中の目にとまるだろうし――、あまりつける習慣もないので、なくしそうで恐かった。そして柾鷹の方も、さすがに一家の組長が安い、カジュアルなシルバーリングをつけているわけにはいかない。

それで二つとも、遙が預かっていたのだ。

ぼんやりと、かすかな光を放つ指輪を見つめてしまう。

本当にいつから、この男に惹かれていたのか。自分の人生を変えるほどに。

この男が動かなければ、今の自分たちはなかった。

遙からこの男に会いに行くという選択肢は、多分、なかった。
会わなかった十年間、どんな葛藤があったのか。あるいは単なる我が儘なのか。
柾鷹は、再び遙の前に姿を現した。
遙の人生も、すべて背負う覚悟で。
本当は、どちらが幸せだったのかはわからない。
再会しなければ、きっとそれなりにいい人生だったのかもしれない。
ただ今も――悪くなかった。
この先何があろうと、その時に対処するだけだ。
――ずっと、二人で。

end.

あとがき

こんにちは。最凶、今年は春に出せてよかったです（編集さんのおかげです…！）。

さて、今回は2編。番外的なお話になるでしょうか。どちらも組長と遙さんの視点ですので、ふたりのお話でもあるのですが、半分はイベント的にはあずにゃんと小野寺さんの攻防（？）にひとまずのケリがつきました（BL…？）。なんとか収まるところに収まった感がございます。組長と遙さん的には巻きこまれ事故みたいな気もしますけども。なかなか書けませんが、個人的にはこんな勘違い系のコメディ（誰かが勘違いして、どんどん話がヘンな方へ行くヤツです）も結構好きで、書いてて楽しかったです。ふふふ。かなりはっちゃけたお話ですので、笑って日頃の鬱憤を少し発散していただければうれしいです。

そしてメインの書き下ろしの方は、今回ようやく、というのでしょうか。遙さんと別れていた間の、組長のお話です。二作品のテンションが相当に違うので、大丈夫かしらとも思うのですが、柾鷹の遙さんには見せない、ヤクザとしての一面です。何というか、こんなところで引き合いに出すのも恐れ多いのですが、某国民的時代小説の先生が、人間は悪いことをしながらいいこともする、だからおもしろい、というのをよく作中でおっしゃっているんですよね。まさに、人間ってそういうものなのかもしれません。それが愛しかったり、悲しかったり、切なかったりするのだろうと思います。こういうお話も長く続けさせていただいているおかげで書けたものですので、本当にありがたいことです。感謝しかありません。

そしてそして、イラストをいただいておりますしおべり由生さんにも、毎回エロカッコいいふたりをありがとうございます。今回はシリアスからコメディまで、シーン的にも楽しいイラストが見られるではないかとっ。楽しみにしております。そしてこの社会情勢が難しい中、編集さんには大変にお手数をおかけしてしまいました。だけでなく、多方面に多々、ご迷惑をおかけしているものと。申し訳ございません。無事に出せましたのは、多くの方々のおかげですね。本当にありがとうございました！

そしてなにより、こちらのシリーズに長くおつきあいいただいておりますます皆様には、本当にありがとうございます。どこまで行けるかはわかりませんが、今後とも見守っていただければうれしいです。近く知紘ちゃんたちも進学しますしねっ。また新しい展開もあるかと。

それでは、またお目にかかれますように——。

4月　ラーメンか冷麺かソバかそうめんか……迷う季節。

水壬楓子

初出一覧

successor —跡目・柾鷹—　／書き下ろし
slapstick love —永い春—　／小説ビーボーイ（2018年春号）掲載

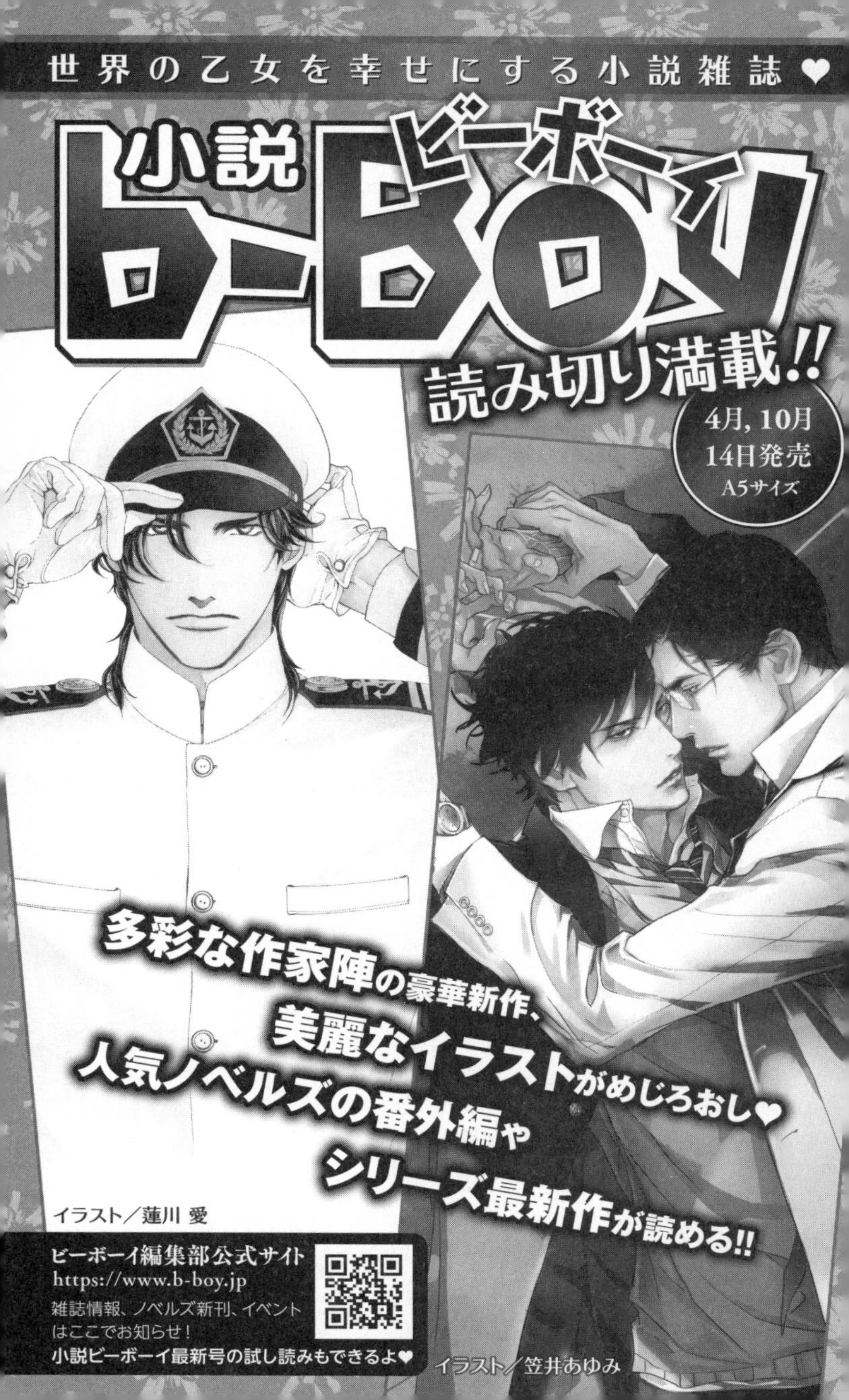
世界の乙女を幸せにする小説雑誌♥
小説ビーボーイ
b-BOY
読み切り満載!!
4月, 10月
14日発売
A5サイズ
多彩な作家陣の豪華新作、
美麗なイラストがめじろおし♥
人気ノベルズの番外編や
シリーズ最新作が読める!!
イラスト／蓮川 愛
ビーボーイ編集部公式サイト
https://www.b-boy.jp
雑誌情報、ノベルズ新刊、イベント
はここでお知らせ！
小説ビーボーイ最新号の試し読みもできるよ♥
イラスト／笠井あゆみ

ビーボーイスラッシュノベルズを
お買い上げいただきありがとうございます。
この本を読んでのご意見・ご感想をお待ちしております。

〒162-0825　東京都新宿区神楽坂6-46
ローベル神楽坂ビル4F
株式会社リブレ内　編集部

アンケート受付中
リブレ公式サイト　https://libre-inc.co.jp
TOPページの「アンケート」からお入りください。

SLASH
B-BOY NOVELS

最凶の恋人―跡目・柾鷹―

2020年5月20日　　第1刷発行

■著　者　水壬楓子

■発行者　太田歳子
■発行所　株式会社リブレ

〒162-0825　東京都新宿区神楽坂6-46　ローベル神楽坂ビル
■営　業　電話／03-3235-7405　FAX／03-3235-0342
■編　集　電話／03-3235-0317

■印刷所　株式会社光邦

Printed in Japan
ISBN 978-4-7997-4781-0